PANINI BOOKS

AUSSERDEM BEI PANINI ERHÄLTLICH

Spannende Abenteuer-Romane für MINECRAFTER

Karl Olsberg: DAS DORF Band 1: Der Fremde
ISBN 978-3-8332-3251-0

Karl Olsberg: DAS DORF Band 2: Kolle in Not
ISBN 978-3-8332-3252-7

Karl Olsberg: WÜRFELWELT
ISBN 978-3-8332-3248-0

Karl Olsberg: ZURÜCK IN DIE WÜRFELWELT
ISBN 978-3-8332-3249-7

Karl Olsberg: FLUCHT AUS DER WÜRFELWELT
ISBN 978-3-8332-3250-3

Sean Fay Wolfe: DIE ELEMENTIA CHRONIKEN
Band 1: Die Suche nach Gerechtigkeit
ISBN 978-3-8332-3254-1

Sean Fay Wolfe: DIE ELEMENTIA CHRONIKEN
Band 2: Die neue Ordnung
ISBN 978-3-8332-3255-8

Winter Morgan: DIE SUCHE NACH DEM DIAMANTENSCHWERT
ISBN 978-3-8332-3007-3

Winter Morgan: DAS GEHEIMNIS DES GRIEFERS
ISBN 978-3-8332-3008-0

Winter Morgan: DIE ENDERMEN-INVASION
ISBN 978-3-8332-3243-5

Winter Morgan: SCHATZJÄGER IN SCHWIERIGKEITEN
ISBN 978-3-8332-3244-2

Winter Morgan: DIE SKELETTE SCHLAGEN ZURÜCK
ISBN 978-3-8332-3245-9

Nancy Osa: DIE SCHLACHT VON ZOMBIE-HILL
ISBN 978-3-8332-3246-6

Nancy Osa: DAS VERBANNTE BATAILLON
ISBN 978-3-8332-3247-3

Nähere Infos und weitere Bände unter www.paninicomics.de

KARL OLSBERG

DAS DORF

DER STREIT

Ein Minecraft-Abenteuer

PANINI BOOKS

Bibliografische Information der Deutschen Nationalbibliothek
Die Deutsche Nationalbibliothek verzeichnet diese Publikation in der Deutschen Nationalbibliografie; detaillierte bibliografische Daten sind im Internet über http://dnb.d-nb.de abrufbar.

Dieses Buch wurde auf chlorfreiem, umweltfreundlich hergestelltem Papier gedruckt.

FSC www.fsc.org MIX Papier aus verantwortungsvollen Quellen FSC® C109440

Panini Verlags GmbH, Rotebühlstr. 87, 70178 Stuttgart.

Geschäftsführer: Hermann Paul
Head of Editorial: Jo Löffler
Marketing & Kooperationen: Holger Wiest (E-Mail: marketing@panini.de)
Produktion: Gunther Heeb, Sanja Ancic
Umschlaggestaltung: tab indivisuell, Stuttgart
Satz und E-Book: Greiner & Reichel, Köln
Druck: LIBERDUPLEX S. L., Barcelona
Gedruckt in Spanien

YDDORF003H

1. Auflage, August 2016
ISBN 978-3-8332-3253-4

Auch als E-Book erhältlich:
ISBN 978-3-8332-3390-6

Findet uns im Netz:
www.paninicomics.de

PaniniComicsDE

Für Nik, der mir Minecraft zeigte.

Minecraft Seed für das Dorf: 100 200 300 400 500

Erkunde selbst das kleine Dorf am Rand der Schlucht und die Welt darum herum! Das ist ganz einfach (Anleitung für die PC-Version):

1. Starte Minecraft.
2. Wähle „Einzelspieler".
3. Klicke auf „Neue Welt erstellen".
4. Wähle einen Namen für deine Welt, z. B. „Das Dorf".
5. Klicke auf „Weitere Weltoptionen ...".
6. Gib in das Fenster „Startwert für den Weltgenerator" den Wert 100 200 300 400 500 ein.
7. Klicke auf „Neue Welt erstellen".

Du spawnst am Hang eines Bergs. Steige hinab in die Ebene zu deinen Füßen und wende dich nach links, dann kommst du bald an ein Dorf, das an einer Schlucht liegt. Dies ist das Dorf, in dem die vorliegende Geschichte spielt. Natürlich verhalten sich nicht alle Bewohner im Spiel genauso wie in meiner Geschichte, aber die Welt, die ich beschreibe, ist genau die, durch die du wanderst. Am Ende dieses Buches findest du weitere Hinweise, wie du die Schauplätze dieser Geschichte erkunden kannst. Viel Spaß dabei!

Hinweis: Dieser Seed generiert die Welt von „Das Dorf“ leider nur in der PC-Version. Als ich diese Geschichte schrieb, war die aktuelle Minecraft-Version 1.8.1. Es ist möglich, dass in späteren Minecraft-Versionen der Seed 100200300400500 auch auf dem PC eine andere Welt generiert als die beschriebene. In diesem Fall musst du eine frühere Version (z. B. 1.8.1) installieren, wenn du die Welt des Dorfs erkunden willst.

1. KAPITEL

Friede, Freude, Eierkuchen

Golina drängt sich ängstlich an Primo, während sie durch den Wald wandern. Es fühlt sich ziemlich gut an, findet er.

„Du weißt wirklich, wie der Weg zu Willerts Hütte ist?", fragt sie.

Er bemüht sich um einen lässigen Tonfall. „Klar! Bleib einfach dicht bei mir, dann kann dir nichts passieren!"

„Ich wünschte, wir wären zusammen mit Kolle und Margi gegangen!"

Primos gute Laune verschwindet schlagartig. Soll das etwa heißen, er reicht seiner Freundin als Beschützer nicht aus? „Die beiden sind nun mal schon vorgegangen", sagt er gereizt. „Wenn du nicht so lange gebraucht hättest ..."

„Ich?" Golina schnaubt entrüstet. „Wem ist denn in letzter Minute eingefallen, dass wir noch ein Gastgeschenk für Ruuna und Willert brauchen?"

„Wenigstens hab ich daran gedacht!", verteidigt sich Primo.

„Du hast daran gedacht, und ich hab die ganze Arbeit damit gehabt!", beschwert sich Golina und hält das Bild hoch, das sie für die beiden gemalt hat.

Es zeigt ein Schaf auf einer Wiese mit Blumen. Wirklich hübsch.

„Ich kann eben nicht so schön malen wie du!"

Das scheint sie zu besänftigen. „Ist ja auch egal. Wir kommen schon noch rechtzeitig. Müssen wir da vorn links oder geradeaus?"

„Äh, links, glaube ich. Oder doch geradeaus?"

Golina bleibt mit vor Schreck geweiteten Augen stehen. „Heißt das etwa, du weißt nicht, wo wir sind?"

Primo grinst breit. „Klar weiß ich das! Ich wollte dich nur ein bisschen erschrecken."

Sie boxt ihn gegen den Arm. „Lass das gefälligst!"

Er beschließt, sicherheitshalber keine weiteren Scherze zu machen. Schließlich will er es sich mit ihr nicht verscherzen. Dazu hat er Golina viel zu gern.

Eine Woche ist vergangen, seit er mit Kolle, Willert, Ruuna und Margi von der abenteuerlichen Suche nach einem Heilmittel für seinen besten Freund zurückkehrte. Die Zeit verging wie im Flug. Jede freie Minute verbrachte Primo mit Golina. Sie gingen am Rand der Schlucht spazieren, wanderten über die Schafwiese, unterhielten sich mit Olum, dem Fischer, über das Angeln oder sahen Primos Vater Porgo beim Schmieden zu. Dinge, die Primo früher langweilig gefunden hätte, waren auf einmal aufregend. Jedenfalls, wenn er dabei Golinas Hand halten durfte.

„Ich glaube, ich werde Golina heiraten!“, verkündete Primo eines Abends seinem Vater.

„Heiraten? Ist das nicht ein bisschen früh?“, fragte sein Vater.

„Wieso?“, gab Primo zurück. „Wir sind jetzt immerhin schon drei Tage befreundet! Ich liebe sie!“

„Und liebt sie dich auch?“

„Natürlich!“

Sein Vater grinste. „Weißt du, Verliebtsein ist ein tolles Gefühl. Aber das lässt nach. Wenn du mit einem Mädchen den Rest deines Lebens zusammen sein willst, dann reicht es nicht aus, dass du sie hübsch oder toll findest.“

„Ich finde sie ja nicht bloß hübsch und toll. Sie ist auch schön, süß, gut aussehend, umwerfend ...“

Porgo lachte. „Schon gut! Ich meinte, du musst auch ihre schlechten Seiten kennen. Denn die hat sie ganz bestimmt, so wie jeder.“

„Golina soll schlechte Seiten haben?“, fragte Primo ungläubig.

„Ja. Und erst, wenn du die kennst und bereit bist, sie zu akzeptieren, kannst du dir sicher sein, dass sie die Richtige ist.“

„Willst du damit etwa sagen, dass ... dass auch Mama schlechte Seiten hatte?“, fragte Primo entrüstet.

Porgos Blick ging in die Ferne, und Primo bereute augenblicklich, was er gesagt hatte. Seine Mutter war von Nachtwandlern getötet worden, als er noch klein war. „Es … es tut mir leid, Papa."

„Schon gut, das muss es nicht. Ja, auch deine Mutter hatte schlechte Seiten. Sie war nicht sehr geduldig und neigte zum Träumen, so wie du. Aber ihre guten Seiten waren viel, viel …" Er stockte. Nach einem Moment räusperte er sich. „Jedenfalls kennst du Golina erst richtig, wenn du dich mit ihr gestritten hast. Wenn du sie danach immer noch heiraten willst, dann ist sie wahrscheinlich die Richtige."

Dass man sich mit jemandem streiten muss, bevor man ihn heiraten darf, erscheint Primo nicht besonders logisch. Sein Vater hat ihm zwar erzählt, dass er sich mit seiner Mutter oft gestritten hat.

Sich hinterher wieder zu vertragen, sei das Schönste daran, meinte er. Und natürlich hat sich Primo schon häufig mit Kolle gestritten, und trotzdem sind sie immer noch beste Freunde. Aber ist Streit wirklich nötig? Sollte man ihm nicht besser aus dem Weg gehen, besonders, wenn man in jemanden verliebt ist?

„Da seid ihr ja endlich!", ruft Kolle vom Eingang der Hütte her, in der sie einige Tage verbracht haben, bevor sie zu ihrem letzten Abenteuer aufbrachen. „Habt ihr euch verlaufen oder was?"

Golina wirft Primo einen warnenden Blick zu. Jetzt bloß nichts Falsches sagen!

„Wir, äh, ich meine ich … ich musste noch meinem Vater helfen."

Kolle macht ein skeptisches Gesicht, sagt aber nichts. „Kommt rein! Wir warten schon auf euch."

Sie folgen Primos Freund ins Innere der Hütte, in der es für sechs Personen ziemlich eng ist. Nachdem Golina und Primo Willert und die Hexe Ruuna umarmt haben, überreicht Primo das Geschenk. „Das hat Golina gemalt!", sagt er stolz.

„Was soll das denn sein?", fragt Kolle. „Der Mond? Aber wieso ist er auf die Wiese gefallen?"

Golina wirft ihm einen finsteren Blick zu.

„Das ist ein Schaf, du Blödmann!", ruft Primo empört. „Das sieht doch jeder."

„Sehr hübsch!", sagt Ruuna. „Vielen Dank! Und nun setzt euch. Ich habe Kuchen gebacken."

Sie nehmen auf zwei Bänken an einem einfachen Holztisch Platz, den Willert extra für diesen Anlass gezimmert zu haben scheint. Die Hexe holt einen großen Kuchen aus dem Ofen und stellt ihn auf den Tisch.

„Nach meinem eigenen, supergeheimen Spezialrezept!", verkündet sie.

Skeptisch beäugt Primo den Kuchen. Er sieht sehr lecker aus, mit einer weißen Cremeschicht und roten Stückchen darauf, und duftet auch gut. Aber bei Ruuna kann man nie wissen.

„Nun nehmt, er beißt euch schon nicht!", sagt die Hexe. „Glaube ich jedenfalls." Sicherheitshalber stupst sie den Kuchen an. Als er sich nicht bewegt, nickt sie zufrieden.

Zögernd nimmt sich Primo ein Stück und beißt davon ab. Der Kuchen schmeckt fantastisch! Viel besser als der Heilige Kuchen, den Birta immer in der Kirche verteilt.

„Der … ist … wirklich … lecker!", sagt er.

„Man spricht nicht mit vollem Mund!", ermahnt ihn Golina.

Primo muss lachen.

„Was ist daran witzig?", fragt seine Freundin.

„Nichts", erwidert Primo und kichert. „Du siehst nur lustig aus. Du hast ganz viele kleine Pünktchen im Gesicht." Er sieht sich um. „Die sind überall, die Pünktchen. Die ganze Welt besteht aus Pünktchen! Ist das komisch!" Er kann sich kaum halten vor Lachen.

„Primo?", fragt Willert. „Geht's dir gut?"

„Mir geht's besser als je zuvor! Komisch, jetzt sind die Punkte weg. Dafür ist alles irgendwie verschwommen."

„Ruuna, was hast du in den Kuchen getan?", fragt Willert.

„Nur, was im Rezept stand", antwortet die Hexe.

„Oh, das sieht aber seltsam aus!", ruft Primo und hält einen Arm vor sein Gesicht. „Auf einmal haben die Dinge Umrisse aus feinen Linien! Huch ... jetzt ist alles plötzlich nur noch schwarz-weiß! Kann ich noch ein Stück von dem Kuchen haben?"

„Nein!", sagt Willert, nimmt den Kuchen vom Tisch und trägt ihn aus dem Haus.

„Ist das alles schön bunt hier!", meint Primo.

„Was ist bloß mit ihm los?", fragt Golina. Ihre Stimme klingt besorgt.

Primo versteht nicht warum – er hat sich noch nie besser gefühlt! Als Willert wieder ins Haus kommt, bekommt er einen Lachkrampf.

„Wuhahaha, du stehst ja auf dem Kopf!", ruft er und hält sich den Bauch vor Lachen. „Und der Fußboden ist an der Decke!"

„Was war das für ein Rezept, Ruuna?", fragt Willert. Er scheint über irgendetwas sehr zornig zu sein.

„Das ist supergeheim, hab ich doch schon gesagt!", erwidert die Hexe beleidigt.

„Wieso ist denn der Fußboden auf einmal blau?", fragt Primo.

„Ich will sofort wissen, was du in den Kuchen getan hast!", ruft Willert. „Und komm mir bloß nicht wieder damit, dass das Rezept supergeheim sei!"

„Schrei mich nicht so an!", ruft Ruuna. „Da sind bloß ganz normale Zutaten drin: Getreide, Eier, Zucker, Milch, Pilze ..."

Primo betrachtet die beiden fasziniert. Alles sieht auf einmal sehr seltsam aus: Der Raum ist schwarz, als sei es mitten in der Nacht. Doch er kann die Umrisse der anderen als leuchtende bunte Linien sehen.

„Pilze? Was für Pilze?", will Willert wissen.

„Na ja, Pilze eben. Die hab ich im Wald gesammelt."

„Du bist wirklich unmöglich, Ruuna! Du kannst doch nicht einfach irgendwelche Pilze in den Kuchen tun!"

„Aber es stand so im Rezept!"

„Ach ja? Dann zeig mir mal dieses Rezept!"

„Kann ich nicht. Es ist supergeheim."

„Seid bitte nicht so laut!", ruft Primo dazwischen. „Ich bekomme von eurem Gezanke Kopfschmerzen!"

Willert beugt sich besorgt über ihn. „Was siehst du jetzt?", fragt er.

„Dich", antwortet Primo.

„Und wie sehe ich aus?"

„Seltsam. Gerade warst du noch ganz blass, dann auf einmal grün und irgendwie grob. Jetzt kann ich dich kaum erkennen, alles ist irgendwie so unscharf."

„Ruuna, tu irgendwas, damit das aufhört!", sagt Willert.

„Nein, das soll nicht aufhören!", widerspricht Primo. „Ich hab noch nie so viel Spaß gehabt! Guck mal, jetzt verändern sich plötzlich dauernd alle Farben. Ich hab gar nicht gewusst, dass die Welt so toll aussehen kann!"

„Siehst du? So schlimm ist es gar nicht!", meint Ruuna. „Immer musst du an allem, was ich mache, rummeckern!"

Willert ignoriert sie. „Primo, sieh mich an! Du hast Halluzinationen! Versuch, dich auf mich zu konzentrieren!"

„Welchen von euch fünfen soll ich denn jetzt anschauen?", fragt Primo verwirrt. „Oh, ich glaube, mir wird schlecht …"

Weiter kommt er nicht. Er kippt von der Bank, und tiefe Dunkelheit senkt sich über ihn wie eine weiche Decke.

2. KAPITEL

Heiliges Brot

Jemand drischt mit dem Schmiedehammer seines Vaters auf Primos Kopf herum. Jedenfalls fühlt es sich so an. Er versucht, die Augen zu öffnen, schließt sie jedoch rasch wieder, weil das Licht viel zu grell ist.

„Oh!“, stöhnt er. „Oh, mein Kopf!“

„Primo!“, ruft Golina. Sie klingt besorgt und erleichtert zugleich. „Wie geht es dir?“

„Nicht so gut.“ Sein Mund fühlt sich trocken an, und er kann kaum sprechen.

„Hier, trink das!“, sagt sein Vater. Wieso ist er plötzlich in Willerts Hütte?

Primo öffnet vorsichtig ein Auge. Als er sich an das grelle Licht gewöhnt hat, erkennt er, dass er nicht mehr in der Hütte im Wald ist, sondern in seinem Bett zu Hause. Porgo, Golina, Kolle und Margi sind bei ihm und blicken sorgenvoll auf ihn herab. Sein Vater hält ihm eine Glasflasche mit einer roten Flüssigkeit hin.

„Was … was ist das? Hat Ruuna das etwa gebraut?“, fragt Primo misstrauisch.

„Nein. Das ist ein Heiltrank. Ich habe ihn von dem Fremden eingetauscht.“

„Der Fremde ist zurück?" Primo versucht, sich aufzusetzen, wobei das Pochen in seinem Schädel intensiver wird.

„Trink jetzt erst mal!", sagt sein Vater.

Primo gehorcht. Die Flüssigkeit schmeckt nicht besonders gut, aber bald geht es ihm besser.

„Wie bin ich hierhergekommen?", fragt er.

„Kolle hat dich getragen", erklärt Margi. „Wir dachten, es ist besser, wenn wir dich nach Hause bringen. Ruuna wollte dir einen Trank brauen, der dich wieder gesund macht, aber Willert hat es nicht erlaubt. Die beiden haben sich ziemlich gestritten deswegen."

„Ich hab mir solche Sorgen gemacht!", sagt Golina.

Primo lächelt. Es ist irgendwie schön, dass sie seinetwegen besorgt war. „Vielleicht esse ich in Zukunft lieber keinen Kuchen mehr, den Ruuna gebacken hat", meint er. „Jedenfalls nicht, wenn sie wieder ihr supergeheimes Spezialrezept anwendet. Obwohl, lecker war er schon."

„Die blöde Hexe hätte dich beinahe umgebracht!", schimpft Golina.

„Sie ist nicht blöd", erwidert Primo. „Nur ein bisschen schusselig. Ohne Ruunas Hilfe wäre Kolle ein Nachtwandler geworden."

„Primo hat recht, Ruuna meint es nicht böse", stimmt Margi zu. „Aber wir sollten in Zukunft wirklich vorsichtig sein, wenn sie uns etwas anbietet."

„Meinst du, du fühlst dich wohl genug, um mit in die Kirche zu kommen?", fragt Porgo.

„In die Kirche? Aber der Gottesdienst ist doch erst morgen!"

„Du warst einen ganzen Tag lang bewusstlos", erwidert sein Vater. „Vielleicht solltest du dich lieber noch etwas schonen."

„Nein, ist schon okay. Mir geht es gut. Einen ganzen Tag lang? Wow! Das war aber wirklich ein seltsamer Kuchen!"

Als er aufsteht, schwankt der Boden unter seinen Füßen, und er muss sich bei Golina abstützen. Arm in Arm gehen sie zur Kirche.

Wie üblich schwadroniert Magolus, der Priester, über Notchs Güte und Gnade und darüber, wie wenig die Dorfbewohner diese verdienen, weil sie dauernd seine Regeln missachten. Als er mit seiner Predigt fertig ist, verteilt seine Gehilfin Birta Stücke vom Heiligen Kuchen. Bei dessen Anblick wird Primo übel, und er bringt es nicht fertig, etwas davon zu essen. Birta wirft ihm einen finsteren Blick zu, als sei sein Platz im Nether schon reserviert, weil er es gewagt hat, etwas abzulehnen, das sie ihm anbietet. Doch sie sagt nichts und reicht den Kuchen weiter zu Margi. Die zögert kurz, nimmt dann aber doch ein Stück und isst es. Danach ist Kolle an der Reihe.

„So gehet denn hin in Frieden und befolgt meine … äh, Notchs Gebote", sagt der Priester zum Schluss.

Die kleine Gemeinde strömt ins Freie. Wie üblich bleiben die meisten Dorfbewohner auf dem Platz vor der Kirche stehen, um noch ein wenig zu plaudern.

„Der Kuchen hat gut geschmeckt", sagt Margi zu Birta, als diese in Begleitung von Magolus aus der Kirche kommt. „Besser als das Heilige Brot, das in meinem Heimatdorf gereicht wird."

Magolus' Gehilfin wirft ihr einen abfälligen Blick zu. „Du redest Unsinn! Es gibt kein Heiliges Brot!"

„Bei uns im Wüstendorf schon", beharrt Margi.

„Mag sein, dass ihr da, wo du herkommst, in der Kirche Brot esst, aber es ist auf keinen Fall heilig!

Nur Kuchen kann heilig sein. So steht es im Heiligen Buch."

„In unserem Heiligen Buch steht aber etwas anderes", behauptet Margi. *„Und Notch nahm das Brot und sagte Dank, brach es, reichte es seinen Jüngern und sprach: Nehmet und esset alle davon: Das ist mein Laib, den ich euch hingebe.* So steht es geschrieben."

„Das ist Gotteslästerung!", keift Birta. „Notch hat seinen Jüngern Kuchen gegeben, kein Brot! Wer etwas anderes behauptet, begeht eine schwere Sünde!"

„Ist doch egal, ob es Kuchen oder Brot ...", versucht Primo die Situation zu entschärfen. Doch vergeblich, denn jetzt mischt sich Kolle in den Streit ein.

„Wenn Margi lieber Heiliges Brot als Heiligen Kuchen essen will, dann ist das ihr gutes Recht!", ruft er. Sein Gesicht hat eine leicht grünliche Färbung angenommen.

„Margi kann so viel Brot essen, wie sie will, aber es wird niemals heilig sein, und sie wird auch niemals eine richtige Bewohnerin dieses Dorfs sein, wenn sie nicht anerkennt, dass unser Heiliges Buch das einzig wahre ist und das in ihrem Dorf nur eine schlechte Kopie!"

Margi wird blass, doch sie antwortet nicht. Offenbar traut sie sich nicht, Birta zu widersprechen.

Kolle hingegen hat keine Angst vor Magolus' Gehilfin. „Du hast hier überhaupt nichts zu bestimmen!", schreit er. „Margi ist eine Bewohnerin dieses Dorfs, genau wie du. Wenn sie sagt, das Brot ist heilig, dann ist es heilig. Und wenn dir das nicht passt, kannst du gern verschwinden!"

„Was heilig ist und was nicht, bestimme immer noch ...", beginnt Magolus, doch Birta unterbricht ihn.

„Ich soll verschwinden? Und eine Fremde darf hierbleiben? Das wird ja immer besser! Erst wird Primo von der Hexe im Wald vergiftet, und jetzt will diese kleine Hexe hier mich aus dem Dorf vertreiben! Aber das werden wir nicht zulassen!" Sie blickt sich in der Menge der Dorfbewohner um, die sich in einem Kreis um die Streitenden versammelt haben. „Das werden wir doch nicht, oder?"

„Äh, also …“

„Nun ja …“

„Ich habe noch ein Hühnchen im Ofen …“

Magolus hebt die Hände. „Wir sollten uns nun alle wieder beruhigen. Ich bin sicher, nach reiflicher Überlegung wird Margi ihren Irrtum …“

„Gar nichts wird sie!“, brüllt Kolle. Sein Gesicht hat jetzt eine dunkle, olivgrüne Färbung angenommen, und seine Augen leuchten rötlich. „Und wenn du meine Freundin noch einmal eine Hexe nennst, dann kannst du was erleben, du dummes Huhn!“

„Beruhige dich, Kolle“, bittet Margi. „Hexe ist doch gar kein Schimpfwort!“

„Ich nenne diese fremde Gotteslästerin, wie ich will!“, schreit Birta, die ebenfalls vor Wut rot angelaufen ist. „Wenn es nach mir ginge, dann würden alle Fremden aus der Gegend verbannt. Oder noch besser, in die Schlucht geworfen und …“

„WUAARGH!“ Kolles Wutschrei lässt alle Anwesenden zusammenzucken. Ehe Primo und Margi ihn zurückhalten können, verpasst er Birta einen Kinnhaken.

„Kolle! Nein!“, ruft Margi entsetzt.

Erschrockene Rufe erklingen aus der Menge:

„Er hat sie geschlagen!“

„Er verwandelt sich in einen Nachtwandler!“

„Rette sich, wer kann!“

„Ich hab's ja immer gesagt, Fremde sind gefährlich!“

„So ein Quatsch! Kolle ist doch kein Fremder! Außerdem ist Birta selber schuld!"

„Ist sie nicht!"

„Ist sie doch!"

„Wo ist sie eigentlich?"

Während Margi und seine Eltern versuchen, Kolle zu beruhigen, blickt sich Primo verwundert um. Tatsächlich, Birta ist spurlos verschwunden.

„Er hat sie weggezaubert!", behauptet Kaus, der Bauer.

„Blödsinn!", widerspricht Olum, der Fischer. „Erst sagst du, Kolle verwandelt sich in einen Nachtwandler, und jetzt soll er auf einmal zaubern können?"

„Vielleicht ist er ja gar nicht Kolle. Vielleicht ist das in Wirklichkeit die Hexe, die sich die Gestalt von Kolle gegeben hat."

„Ja klar. Und Magolus ist ein verkleideter Nachtwandler, oder was?"

„Wie kannst du es wagen …"

„Da oben ist sie!", ruft Golina und zeigt auf das Kirchendach.

Tatsächlich, Magolus' Gehilfin steht dort oben und blickt verängstigt auf die Menge herab. Kolles Faustschlag muss sie aufs Dach befördert haben.

„Hilfe!", jammert sie. „Holt mich hier runter!" Wieder diskutieren die Dorfbewohner wild durcheinander, was zu tun ist.

„Wir müssen sie da runterholen!"

„Was du nicht sagst!"

„Wieso springt sie nicht einfach?"

„Bist du verrückt? Das ist viel zu hoch! Sie kann nicht springen!"

„Wir brauchen eine Leiter. Porgo, kannst du nicht eine Leiter machen?"

„Tut mir leid, ich bin Schmied, kein Tischler."

Während die Versammelten diskutieren, hat Primo eine Idee. Er betritt die Kirche und klettert die Leiter hinauf in das Zwischengeschoss des Kirchturms. In allen vier Wänden sind Fenster. Er schlägt mit seinem Schwert auf das Fenster ein, das auf das flache Dach zeigt, bis es zersplittert.

Birta steigt durch die Fensteröffnung ins Zwischengeschoss und klettert die Leiter hinab. „Bist du verrückt?", keift sie Primo an, als die beiden wieder vor der Kirche stehen. „Du kannst doch nicht einfach das Kirchenfenster zerschlagen!"

„Schön, dass du so dankbar für deine Rettung bist!", gibt Primo zurück.

„Es … es tut mir leid, Birta!", sagt Kolle, dessen Gesicht inzwischen wieder seine normale Farbe angenommen hat. „Ich weiß nicht, was mit mir los war. Ich …"

„Schon gut", sagt Magolus' Gehilfin und wirft einen finsteren Blick in Richtung Margi. „Du kannst vermutlich nichts dafür. Wahrscheinlich hat *irgendjemand* deinen Verstand verhext!"

Bevor Kolle sich erneut aufregen kann, zerren Margi und seine Eltern ihn davon.

„Das wird ein Nachspiel haben!", keift Birta. „Hexen aus der Fremde, die unsere Kirche mit ihrem ekelhaften Brot vollkrümeln und Lügen über das Heilige Buch verbreiten, werde ich in meinem Dorf nicht dulden!"

„Das ist immer noch mein … ich meine, unser Dorf!", weist Magolus sie zurecht.

„Komm, wir gehen!", sagt Primo zu Golina. Zusammen mit ihren Eltern, dem Bauern Bendo und seiner Frau Agia sowie Primos Vater Porgo verlassen sie den Platz vor der Kirche.

„Vielleicht wollt ihr beide noch etwas spazieren gehen?", schlägt Agia vor. Sie zwinkert ihrer Tochter zu.

Golina sieht Primo fragend an. „Hast du Lust?"

Primo wüsste nicht, was er lieber täte. Kurz darauf wandern sie Hand in Hand an der Schlucht entlang.

„Wenn man sich vorstellt, dass Birta Margi hier hineinwerfen lassen wollte …", sagt Golina.

Primo kann Magolus' Gehilfin nicht leiden. Trotzdem hat er das Gefühl, die Situation etwas entschärfen zu müssen. Kolles Wutausbruch hat ihm Angst gemacht, und er befürchtet, dass der Streit das Dorf spalten könnte.

„Sie hat es bestimmt nicht so gemeint", erwidert er.

„Du nimmst sie auch noch in Schutz?"

„Nein, das nicht, aber ..."

„Ich finde, Kolle hätte ruhig noch etwas fester zuhauen können", meint Golina, „sodass die blöde Birta bis auf den Kirchturm fliegt."

Der bewundernde Unterton in ihrer Stimme ärgert Primo. „Er hätte sie nicht schlagen dürfen", widerspricht er.

„Ach? Du findest also, er hätte seine Freundin nicht verteidigen sollen?"

„Doch, aber ... nicht so. Gewalt ist keine Lösung."

„Ich finde jedenfalls, Margi hat großes Glück, dass sie einen Freund hat, der sie beschützt und für sie kämpft! Und noch dazu einen so starken! Ich bin sicher, wenn Margi in Gefahr wäre, dann würde er bis in den Nether und zurück gehen, um sie zu retten!"

„Das würde er bestimmt", stimmt Primo zu.

„Und?", fragt Golina.

„Und was?"

„Was ist mit dir?"

„Soll ich etwa für Margi in den Nether und zurück gehen?"

„Nein, du Idiot! Aber was, wenn ich in Gefahr wäre?"

„Du bist aber doch nicht in Gefahr!"

„Nehmen wir an, ich wäre es. Nehmen wir an, ein böser Geist hätte mich in den Nether gezaubert. Würdest du hingehen und mich befreien?"

„Es gibt keine bösen Geister. Und ob es den Nether gibt, ist auch nicht erwiesen."

„Also bist du ein Feigling. Hab ich's mir doch gedacht! Margi hat wirklich großes Glück mit ihrem Freund! Er würde alles für sie tun. Ich dagegen …" Sie schnieft.

Primo reicht es. Ihn einen Feigling zu nennen! Ihn, der Wüsten durchquert hat und bis zum Sumpf im Norden gegangen ist, um seinen besten Freund zu retten! Der sich mit Nachtwandlern herumgeprügelt und einen uralten Schatz gefunden hat!

„Dann geh doch zu deinem Kolle, wenn du ihn so viel besser findest als mich!", schimpft er.

Golina bricht in Tränen aus. Wortlos dreht sie sich um und stapft zurück ins Dorf.

Primo blickt ihr ratlos nach. Warum nur müssen Mädchen so seltsam sein?

3. KAPITEL

Wo ist Golina?

Am nächsten Morgen wacht Primo mit einem schlechten Gefühl im Bauch auf. Nach dem Streit gestern hat er Golina nicht mehr gesehen. Zuerst war er noch ziemlich sauer auf sie, doch seine Wut verrauchte schnell. Allerdings war er zu stolz, um noch am selben Abend zu ihr zu gehen. Nun jedoch ist auch sein Stolz verschwunden und nur noch die Traurigkeit übrig. Er beschließt, sie um Verzeihung zu bitten, auch wenn er nicht so genau weiß, wofür eigentlich.

„Es tut mir leid, Golina ist nicht zu Hause", sagt ihre Mutter Agia, als er vor ihrer Tür steht. „Ich dachte, sie wollte zu dir."

„Zu mir?"

„Ja. Sie ist vor Kurzem aus dem Haus. Sie wirkte ein bisschen bedrückt heute Morgen. Ihr habt euch doch nicht etwa gestritten?"

„Äh, nein", sagt Primo und bekommt einen roten Kopf.

„Na, dann ist ja gut. Vielleicht ist sie auf der östlichen Wiese. Da geht sie gern spazieren."

„Gut, danke."

Doch Golina ist nicht auf der Wiese und auch nicht am Rand der Schlucht oder am Ufer des Flusses, der das Dorf umgibt. Nachdem er sie überall vergeblich gesucht hat, weiß Primo sich keinen anderen Rat, als seine Freunde um Hilfe zu bitten.

„Golina ist weg?", fragt Margi besorgt. „Habt ihr euch gestritten?"

„Gestritten? Wie kommst du denn darauf?", fragt Primo.

Margi sieht ihn einen Moment fragend an, bohrt jedoch nicht weiter nach.

„Sie wird schon wieder auftauchen", sagt Kolle. „Du weißt doch, wie Mädchen sind!" Als er Margis Blick bemerkt, fügt er rasch hinzu: „Äh, ich meine natürlich manche Mädchen ... nicht alle ... besonders nicht die aus dem Wüstendorf ..."

„Vielleicht ist sie zu Willert und Ruuna gegangen", meint Margi.

„In den Wald? Allein?" Der Gedanke erschreckt Primo.

„Wenn sie nicht im Dorf ist, dann muss sie woanders sein", schlussfolgert Kolle.

„Du bist wie immer eine große Hilfe", stellt Margi fest.

Mit klopfendem Herzen macht sich Primo in Begleitung seiner beiden Freunde auf den Weg zu Willerts Hütte. Für den Fall, dass sie vom Weg abgekommen ist und nun hilflos im Wald herumirrt, ruft er immer wieder Golinas Namen. Doch er erhält keine Antwort.

„Hallo Primo!“, begrüßt ihn Ruuna, als sie die Hütte erreichen. „Geht es ... geht es dir besser? Die Sache mit dem Kuchen neulich ... Ich glaube, es waren doch ein bisschen zu viele Pilze drin ...“

„Schon in Ordnung, mir geht es gut. Habt ihr Golina gesehen?“

„Golina?“, fragt Willert. „Nein, wieso?“

„Primo hat sich mit ihr gestritten“, erklärt Margi. „Und jetzt ist sie spurlos verschwunden.“

Primo blickt sie erschrocken an. Können Mädchen etwa Gedanken lesen? Das würde einiges erklären.

„Worüber habt ihr euch denn gestritten?“, fragt Willert.

Primo ist die Sache ziemlich peinlich. „Sie ... sie war ziemlich begeistert davon, dass Kolle Birta einen Kinnhaken verpasst hat, sodass sie aufs Kirchendach geflogen ist ...“

„Kolle hat was?“, fragt Willert.

Nun ist es Primos Freund, der peinlich berührt ist. „Ich habe mich schon bei ihr dafür entschuldigt.“

„Außerdem war Birta selber schuld“, ergänzt Primo. „Sie hat Margi beleidigt und gesagt, man solle sie in die Schlucht werfen. Da ist Kolle ausgerastet.“

Willert nickt. „Birta ist manchmal eine richtige Hex... ich meine, echt fies.“

„Und Golina fand das gut?“, fragt Margi.

Primo kann ihren Gesichtsausdruck nicht richtig deuten, aber glücklich scheint sie über diese Aussage nicht zu sein. Er nickt.

„Und dann?", fragt Ruuna. „Was hast du geantwortet, als sie sagte, dass sie Kolles Wutausbruch gut fand?"

„Na ja, ich hab gesagt, er hätte Birta lieber nicht schlagen sollen, und dann hat sie gesagt, dass sie sich auch einen Freund wünscht, der so stark ist wie Kolle und sie verteidigt, und da bin ich wütend geworden und hab gesagt, sie soll doch zu Kolle gehen, wenn sie ihn besser findet als mich."

„Und, war sie bei dir?", fragt Willert.

„Was? Nein, natürlich nicht!", erwidert Kolle.

„Was hat sie noch gesagt?", fragt Ruuna.

„Sonst eigentlich nichts. Außer, dass Kolle für Margi wahrscheinlich bis in den Nether und zurück gehen würde."

„Klar würde ich das!", sagt Kolle.

Margi blickt ihn skeptisch an.

„In den Nether? Da bin ich beruhigt", meint Willert. „Wenn sie gesagt hätte, Kolle würde in die Schlucht klettern, um Margi dort herauszuholen, hätte ich mir Sorgen gemacht. Junge Mädchen tun manchmal verrückte Sachen, besonders, wenn sie verliebt und enttäuscht sind. Möglicherweise wäre Golina dumm genug gewesen, selber dort hinunterzuklettern und dann darauf zu warten, dass jemand sie rettet."

Primo bekommt einen Schreck. „Meinst du etwa, sie könnte hineingefallen sein? Aber dann hätte ich sie doch um Hilfe rufen hören müssen, als ich an der Schlucht nach ihr gesucht habe."

„Nein. So, wie sie es formuliert hat, müsste sie schon in den Nether gegangen sein, nur um einen Beweis deiner Liebe einzufordern. Aber selbst, wenn sie so verrückt wäre, zum Glück kommt man dort nicht so leicht hin."

„Also gibt es den Nether wirklich?", fragt Primo.

„Ja, es gibt ihn."

„Warst du schon einmal dort?"

„Bei Notch, nein! Aber der Fremde, mit dem ich vor Jahren gesprochen habe, hat mir davon erzählt. Er hat ein magisches Portal gebaut, mit dem er dorthin reisen konnte. Es gibt dort schreckliche Monster und missgestaltete Bewohner, die wie eine Mischung aus Nachtwandlern und aufrecht gehenden Schweinen aussehen. Die Fremden nennen sie Zombie-Pigmen. Alles in allem ein ziemlich unfreundlicher Ort. Ich kann mir kaum einen Grund vorstellen, dorthin zu gehen."

„Lohenstaub!", sagt Ruuna.

„Was?", fragen Primo, Kolle und Margi gleichzeitig.

„Lohenstaub ist ein Grund, dorthin zu gehen", erklärt die Hexe. „Es ist eine wichtige Zutat für Zaubertränke aller Art. Sie wird aus Lohenruten gewonnen, und die macht man aus Lohen."

„Was sind denn Lohen?“, will Primo wissen.

„Das sind Flammengeister, die Feuerbälle verschießen können“, sagt Willert. „Zum Glück gibt es sie nur im Nether. Jedenfalls könnt ihr froh sein, dass Golina kein Netherportal bauen kann. Dort ist es wirklich ziemlich unangenehm.“

Primo befällt eine schreckliche Ahnung. „Aber die Fremden können das?“

„Ja. Warum?“

„Kolle, hast du nicht gesagt, der Fremde sei zurückgekehrt?“

„Schon“, gibt Kolle zu. „Aber was hat das mit Golinas Verschwinden zu tun? Willst du ihn etwa nach ihr fragen? Er war nur einmal kurz im Dorf und ist dann in die Höhle unter dem Dorf gegangen. Seitdem ist er nicht wieder aufgetaucht.“

„Kommt! Wir müssen sofort zurück!“, ruft Primo. Ohne auf die anderen zu warten, rennt er los.

„Was ist denn?“, ruft Kolle keuchend. „Was hast du auf einmal?“

Primo antwortet nicht. Nachdem sie den Fluss durchwatet haben, der den Wald vom Dorf trennt, läuft er am Ufer entlang Richtung Osten zu dem Loch im Boden, um das sich viele Legenden ranken. Der alte Lausius war der letzte Dorfbewohner, der versucht hat, die Höhle zu erkunden. Das ist schon viele Jahre her. Den Erzählungen zufolge wollte er beweisen, dass es von hier aus möglich ist, die Schlucht auf der anderen Seite des Dorfs zu erreichen. Doch er ist nie zurückgekehrt. Seitdem hat sich niemand mehr hineingewagt. Es gilt sogar als schlechtes Benehmen, die Höhle unter dem Dorf auch nur zu erwähnen. Angeblich bringt das Unglück. Auf jeden Fall wollen viele Dorfbewohner nichts davon wissen, dass es unter ihren Häusern einen finsteren Hohlraum gibt, in dem sich Nachtwandler, Knochenmänner und wer weiß was noch herumtreiben.

Primo ist nicht abergläubisch, außerdem hat er schon einmal in einer Höhle übernachtet und sogar einen alten Tempel voller Monster erforscht. Dennoch bekommt er eine Gänsehaut, als er den Eingang erblickt. Als er sich jedoch nähert, macht er eine überraschende Entdeckung: Jemand hat Stufen in die Felswände geschlagen, und dort, wo zuvor nur Dunkelheit war, ist nun das flackernde Licht einer Fackel zu sehen.

„Willst du etwa da runter?“, fragt Kolle.

„Wir müssen nachsehen, ob Golina da unten ist!“, antwortet Primo.

„Warum sollte sie in der Höhle sein?“

„Wenn sie nicht im Dorf ist, dann muss sie woanders sein. Das hast du selbst gesagt. Im Wald haben wir schon nachgeschaut, auf der Wiese und an der Schlucht auch. Also ist die einzige Möglichkeit, wo sie noch sein kann, unter dem Dorf.“

„Ich weiß ja nicht …“, meint Margi.

„Geh zurück zum Haus meiner Eltern und warte dort", sagt Kolle zu ihr. „Ich gehe mit Primo nachsehen, ob sie da unten ist."

„Du spinnst wohl! Ich komme natürlich mit!"

„Das ist viel zu gefährlich. Da unten gibt es Nachtwandler und Knochenmänner und wer weiß was noch alles. Das ist nichts für …"

„… Mädchen?", fragt Margi und funkelt Kolle böse an. „Wolltest du etwa sagen: ‚Das ist nichts für Mädchen'?"

„Nein, äh, was ich sagen wollte, ist … das ist nichts für …"

„… Leute, die kein Schwert dabeihaben", hilft ihm Primo aus der Patsche.

„Kolle hat auch kein Schwert!", erwidert Margi entrüstet.

„Aber er hat seine Nachtwandlerkraft. Er hat recht, Margi: Es hat keinen Sinn, dass du dich unnötig in Gefahr begibst. Wir gehen nur kurz nachsehen, ob sie da unten ist."

Margi blickt ihn skeptisch an. Dann nickt sie. „Also gut. Aber wenn ihr nicht bald zurück seid, komme ich euch suchen!"

„Das machst du auf keinen Fall!", widerspricht Kolle.

„Und ob ich das mache! Versuch mal, mich aufzuhalten!"

„Wenn du uns suchen kommst, dann auf keinen

Fall allein, okay?“, weist Primo sie an. „Sag meinem Vater Bescheid, und am besten auch Willert.“

„Vielleicht wäre es besser, wenn wir die beiden jetzt gleich informieren“, meint Margi.

„Ach was“, sagt Kolle. „Wir kommen schon klar. Du wirst sehen, wir sind im Nu zurück.“

Ohne eine Erwiderung abzuwarten, klettern Primo und Kolle die Stufen hinunter in die Höhle unter dem Dorf.

4. KAPITEL

Unter dem Dorf

„Wann, denkst du, war der Fremde hier?", fragt Primo, als er die Fackeln an den Wänden betrachtet.

„Vielleicht ist er noch hier", meint Kolle. „Niemand hat gesehen, dass er wieder aus der Höhle kam."

Das verursacht Primo ein mulmiges Gefühl. Bisher hat der Fremde sich nicht feindselig verhalten, und das, obwohl Magolus und einige Dorfbewohner ihn in die Schlucht stürzen wollten. Im Gegenteil: Er hat sogar geholfen, den Angriff der Nachtwandler abzuwehren. Dennoch befürchtet Primo, dass er verärgert sein könnte, wenn er sie hier antrifft. Schlimmer noch, es könnte sich herausstellen, dass er hier unten getötet wurde wie der alte Lausius. Dass es hier etwas gibt, das noch viel gefährlicher ist als ein Nachtwandler oder Knochenmann.

„Golina?", ruft er. „Hallo, ist da wer?"

Keine Antwort.

Vom Eingang der Höhle aus führen zwei unregelmäßige Gänge weiter. Primo und Kolle wenden sich zunächst nach links, gelangen aber bald in eine Sackgasse. Zum Glück ist der Gang mit Fackeln ausgeleuchtet. In den Steinen entdecken sie unregelmäßige schwarze Klumpen.

„Kohle!", ruft Kolle aus. „Die ist ziemlich wertvoll. Vielleicht kann ich etwas davon herausbrechen und im Dorf eintauschen ..."

„Lass uns lieber weitersuchen", sagt Primo nervös. „Je eher wir Golina finden, desto besser."

Sie folgen dem Gang in die andere Richtung.

„Sieh mal da. Das sieht aus wie Stufen, die nach unten führen." Kolle zeigt auf ein Loch im Boden. „Sieht aus, als hätte sie der Fremde dort hineingeschlagen. Wollen wir nachsehen, was dort unten ist?"

„Lieber sollten wir erst mal hier oben alles absuchen. Golina? Golina, bist du hier? GOLINA!"

Doch so sehr Primo auch ruft, er erhält keine Antwort. Auch der zweite Gang endet bald in einer Sackgasse. Damit ist zumindest die Theorie des alten Lausius widerlegt: Einen natürlichen Durchgang zur Schlucht gibt es nicht.

Sie kehren zu dem Loch im Höhlenboden zurück. Kolle sieht seinen Freund fragend an. Primo nickt und betritt die oberste Stufe. Zum Glück ist die Treppe ebenfalls mit Fackeln beleuchtet. Nach einigen Windungen erreichen sie das untere Ende. Ein kurzer Gang führt in eine Höhle. Aber was für eine! Alles, was Primo sehen kann, ist eine Felskante, hinter der sich nur schwarzes Nichts erstreckt. Das Licht einer

Fackel, die rechts von ihm an der Wand befestigt ist, reicht nicht bis zur anderen Höhlenwand. Vor ihnen liegt ein Abgrund. Ein kühler Luftzug weht von unten herauf. Das Donnern herabstürzenden Wassers ist zu hören.

„Bei Notch!", sagt Kolle ehrfürchtig, als er hinter Primo aus dem Gang tritt. „Hast du gewusst, dass die Höhle unter dem Dorf so riesig ist?"

„Das hier ist nicht die Höhle unter dem Dorf", widerspricht Primo. „Es ist die Höhle unter der Höhle."

„Was ist das da vor uns? Eine Schlucht?"

„Ja. Sie muss viel größer sein als die neben dem Dorf."

„Eine Höhle unterhalb der Höhle, eine Schlucht unterhalb der Schlucht ...", murmelt Kolle. „Das ist ganz schön unheimlich. Meinst du, unter dieser Höhle ist noch eine? Eine noch riesigere vielleicht? Und darunter noch eine, und immer so weiter?"

„Du grübelst zu viel über Dinge, die wir nicht wissen können", erwidert Primo. Wieder ruft er den Namen seiner Freundin: „GO-LI-NA!" Doch nur das Rauschen des Wassers ist zu hören.

„Was ... wenn sie dort in die Tiefe gestürzt ist?", fragt Primo.

„Dann wirst du sie nie wiedersehen", sagt Kolle düster. „Aber das ist sie bestimmt nicht. Sie kann überall sein."

„Dann lass uns überall suchen!"

„Ich finde, wir sollten umkehren. Hier unten finden wir sie nie. Jedenfalls nicht alleine."

„Du kannst ja schon mal raufgehen. Ich suche noch ein bisschen."

Kolle seufzt. „Allein stellst du nur irgendwelchen Unsinn an. Ich bleibe besser hier und passe auf dich auf."

Unngh! Ein schauriges Stöhnen kommt aus der Dunkelheit links von ihnen. Kolle fährt herum, macht vor Schreck einen Schritt rückwärts und stürzt beinahe in den Abgrund. Primo kann ihn gerade noch festhalten.

„So viel zum Thema du passt auf mich auf", meint er. „Hast du etwa Angst vor einem Nachtwandler? Du bist doch mindestens genauso stark wie der!"

„Vielleicht, aber hier unten gibt es viele davon", erwidert Kolle. „Lass uns lieber von hier verschwinden!"

„Ich will nur noch ein Stück den Weg weitergehen, den der Fremde genommen hat", sagt Primo.

„Und woher willst du wissen, wo er entlanggegangen ist?"

Primo zeigt auf eine Fackel, die ein Stück weiter rechts an der Wand befestigt ist. „Er hat uns freundlicherweise den Weg markiert."

Ehe sein Freund widersprechen kann, geht Primo auf dem schmalen Grat weiter. In regelmäßigen Abständen sind Fackeln angebracht, trotzdem kann man die gegenüberliegende Seite der Schlucht nicht erkennen, vom Grund ganz zu schweigen.

Plötzlich erklingt ein schrilles Piepen. Ein seltsames Wesen schwirrt aus dem Abgrund herauf und flattert um ihre Köpfe herum.

„Waaah!“, ruft Kolle erschrocken aus. „Was ist das denn?“

„Also hat Willert recht gehabt“, stellt Primo fest. „Es gibt tatsächlich Lebewesen, die fliegen können. Er hat dieses Tier Flattermaus oder so ähnlich genannt. Es scheint harmlos zu sein.“ Er betrachtet das Wesen nachdenklich. „Meinst du, wir könnten eins fangen und in der Kirche herumfliegen lassen? Beim nächsten Gottesdienst hätten wir unseren Spaß!“

Kolle schüttelt nur den Kopf. Als ahnte das Wesen, dass Primo Unsinn mit ihm anstellen will, flattert es davon und verschwindet in der Dunkelheit. Sie setzen ihren Weg den schmalen Grat entlang fort, bis sie schließlich das Ende der Höhle erreichen.

„Hier geht es nicht weiter“, stellt Kolle fest. „Also lass uns umkehren!“

„Es muss hier aber weitergehen“, widerspricht Primo. „Warum sonst hätte der Fremde diesen Weg nehmen sollen?“ Vorsichtig beugt er sich über den Rand der Schlucht. Weit unten erkennt er einen Lichtfleck. Die unterirdische Schlucht ist noch tiefer, als er es sich vorgestellt hat. Der Anblick macht ihn schwindelig.

„Da unten ist eine Fackel!“, stellt er fest. „Also ist der Fremde dort unten weitergegangen.“

„Und wie ist er da runtergekommen? Meinst du etwa, er kann auch fliegen?“

„Nein.“ Primo tritt über den Rand des Abgrunds hinaus.

„Primo!“, ruft Kolle vor Schreck. „Was machst du denn da?“

„Keine Angst, hier ist eine Leiter. Komm, wir klettern runter.“

Kolle ist sichtlich unbehaglich zumute, aber er widerspricht seinem Freund nicht. Nacheinander hangeln sie sich die Leiter hinab bis zum Boden der Schlucht. Unten angekommen, lässt sich zum ersten Mal das gigantische Ausmaß der Höhle erahnen. An mehreren Stellen donnern Wasserfälle von der Decke herab und bedecken den Boden mit Wasser. Primo ruft erneut nach Golina, doch über das Rauschen kann er ihren Namen selber kaum verstehen. Eine schmale Öffnung am Ende der Höhle führt in einen niedrigen Gang, der ebenfalls mit Fackeln beleuchtet ist.

„Findest du nicht, wir sollten langsam ins Dorf zurückkehren?“, meint Kolle. „Wir können doch nicht ewig hier unten herumirren und hinter dem Fremden herlaufen! Denk dran, was das letzte Mal passiert ist, als du …“

„Ja, ja, schon gut“, sagt Primo gereizt. „Nur noch

bis zum Ende dieses Gangs, dann kehren wir um. Versprochen."

Es dauert nicht lange, bis der Gang in eine weitere riesige Höhle mündet. Auch diesmal stehen die beiden am Rand eines Abgrunds. Doch diese Schlucht ist nicht finster wie die erste, sondern von einem rötlichen Schimmer erleuchtet.

„Glaub bloß nicht, dass ich noch einmal auf einem schmalen Grat herumbalanciere!", sagt Kolle. „Hier ist der Gang zu Ende, also lass uns umkehren!"

„Gleich", sagt Primo. „Hörst du das?"

„Was?"

„Dieses merkwürdige Geräusch. Ein Brummen und Zischen. Über das Rauschen des Wassers kann man es kaum hören."

„Brummen und Zischen? Klingt für mich nach irgendeinem unbekannten Monster. Ein Grund mehr, schleunigst umzukehren!"

„Nun sei nicht so ein Angsthase!" Primo beugt sich über den Rand der Schlucht vor, die links nach wenigen Blöcken endet, sich rechts jedoch weiter fortsetzt, als er blicken kann. Ein Wasserfall stürzt aus der gegenüberliegenden Felswand herab und nimmt ihm einen Teil der Sicht, doch er kann jetzt den Grund für das rötliche Leuchten erkennen: Der größte Teil der Schlucht ist von einem Lavasee bedeckt. Im vorderen Teil des Sees, wo Wasser auf die Lava trifft, befinden sich einige Blöcke aus tiefschwarzem Stein, auf denen ein merkwürdiges Gebilde aus demselben dunklen Material aufragt. Es scheint die Quelle der seltsamen Geräusche zu sein.

„Bei Notch, was ist das denn?", ruft Primo und beugt sich noch weiter vor, um besser sehen zu können. Dabei verliert er das Gleichgewicht und kippt vornüber.

„Primo!", schreit Kolle entsetzt.

„Keine Angst, hab alles im Griff", erwidert Primo, dem es in letzter Sekunde gelungen ist, die oberste Sprosse der Leiter zu greifen, die hier die senkrechte Felswand hinabführt.

„Du hast gesagt, wir kehren um, wenn der Gang zu Ende ist!"

„Ich will mir bloß ansehen, was das da für ein seltsames Ding ist", sagt Primo und klettert die Leiter herab. Kolles Proteste nützen nichts, also folgt er schließlich seinem starrsinnigen Freund.

Vorsichtig nähern sich die beiden der Konstruktion. Sie besteht aus einem vier Blöcke breiten und fünf Blöcke hohen Rahmen. In der Mitte glüht ein violettes Licht, das von spiralförmigen, wabernden Mustern durchzogen ist. Funken schweben darauf zu wie leuchtende Schneeflocken. Das rhythmische Brummen und Zischen ist jetzt deutlich zu hören.

Primo beschleicht ein schrecklicher Gedanke. Golinas Worte hallen in seinem Gedächtnis: *Ich bin sicher, wenn Margi in Gefahr wäre, dann würde er bis zum Nether und zurück gehen, um sie zu retten … Margi hat wirklich großes Glück mit ihrem Freund …*

„Willert hat recht gehabt", sagt er.

„Recht? Womit?"

„Golina ist in den Nether gegangen, damit ich sie daraus rette."

„Du glaubst, dieses Ding ist ein Netherportal?"

„Danach sieht es wohl aus. Jedenfalls hat es Ähnlichkeit mit einer Tür. Einer Tür aus Licht."

„Aber Golina wäre doch niemals so verrückt, allein hier herunterzuklettern und dann auch noch durch dieses Portal zu gehen, bloß um dir eins auszuwischen!"

„Sie ist ein Mädchen, oder etwa nicht?"

„Schon, aber …"

„Ich sehe mal nach", entscheidet Primo.

„Und wie willst du das machen?"

„Ganz einfach: Ich gehe durch das Portal und gucke nach, ob sie auf der anderen Seite ist."

„Das ist nicht dein Ernst!"

„Doch, ist es."

„Erst sagst du, wir gehen nur ganz kurz in die Höhle. Dann heißt es, nur noch bis zum Ende dieses Gangs. Als Nächstes willst du dir nur mal kurz das seltsame Ding ansehen. Und jetzt willst du auch noch …"

„Achtung, hinter dir!", ruft Primo. „Ein Knallschleicher!"

„Das ist jetzt nicht der richtige Moment für Scherze", beginnt Kolle, doch dann hört auch er das Zischen. Erschrocken dreht er sich um und sieht sich einem grünen Wesen gegenüber, das bereits anzuschwellen beginnt.

„Durch das Portal!", brüllt Primo. „Das ist unsere einzige Chance!" Ohne Kolles Antwort abzuwarten, springt er in die violette, wabernde Fläche.

5. KAPITEL

Der Nether

Das violette Leuchten umhüllt Primo. Die Höhle mit dem Lavasee verblasst, bis nur noch das Licht des Portals übrig ist. Er hat das Gefühl, in einen bodenlosen Abgrund zu stürzen. Vor Angst schreit er um Hilfe, doch es ist niemand da, der ihn retten könnte.

Allmählich schwächt sich das Leuchten ab, und die Welt außerhalb des Portals nimmt wieder Gestalt an. Doch es ist nicht dieselbe Welt, in der er sich eben noch befand. Die Schlucht und der Lavasee sind verschwunden. Stattdessen steht er jetzt in einer länglichen Höhle. Boden, Wände und Decke bestehen aus rötlichem Stein. Einige Fackeln an den Wänden deuten darauf hin, dass der Fremde zuvor hier war. Doch sie sind nicht die einzigen Lichtquellen: Rechts verbreiten einige leuchtende Blöcke ein gelbliches Licht. Es herrscht eine drückende Hitze, die noch schlimmer ist als in der Wüste.

Primo ist tatsächlich im Nether! An dem Ort, an den laut Magolus die Seelen der Sünder geschickt werden, um für ihre Missetaten zu büßen. Das ist ganz schön unheimlich!

„Go … Golina?" Er wollte ihren Namen eigentlich laut rufen, doch aus seiner Kehle kommt kaum mehr als ein Flüstern.

Er macht ein paar Schritte in die Höhle hinein. Links führt ein von Fackeln erleuchteter Gang weiter. Rechts davon befindet sich eine tiefe Grube im Boden. An ihrer Rückseite führt ein treppenartiger Abhang nach oben. Noch weiter rechts setzt sich die Höhle in einer langen Biegung fort. Einer Eingebung folgend nimmt Primo einige Fackeln von den Wänden. Vielleicht kann er sie später gebrauchen, wenn er seinen eigenen Weg markieren oder eine dunkle Höhle erkunden muss.

Ein seltsames Geräusch ertönt. Es hat Ähnlichkeit mit dem Stöhnen eines Nachtwandlers, klingt aber auch ein bisschen wie das Grunzen eines Schweins. Primo schaudert. Wie hat Willert die Wesen genannt, die hier im Nether leben? Zombie-Pigmen? Er zückt sein Schwert. Wenn doch bloß Kolle hier wäre!

Der Gedanke lässt ihn vor Schreck erstarren. Wieso ist sein bester Freund nicht längst durch das Portal gekommen? Es gibt nur eine Erklärung: Er hat es nicht mehr rechtzeitig geschafft. Der Knallschleicher muss explodiert sein und ihn getötet haben!

„Kolle!" Primo rennt zurück zum Netherportal. Ohne nachzudenken, springt er in die wabernde Lichtfläche.

Etwas trifft ihn hart am Kopf. Er wird zurückgeschleudert und landet auf dem Rücken. Das Schwert fällt ihm aus der Hand. Kolle stürzt auf ihn und drückt ihn zu Boden.

„Aua!", ruft sein bester Freund. „Kannst du nicht aus dem Weg gehen, wenn ich durch das Portal komme?"

„Du … du lebst!", stellt Primo verwirrt fest.

„Klar lebe ich." Er rappelt sich auf und sieht sich verwundert um. „Ist … das hier wirklich … der Nether?"

„Ich glaube schon. Was ist passiert? Ist der Knallschleicher explodiert?"

„Nein. Das heißt ja, aber erst, nachdem ich ihm einen Kinnhaken verpasst habe und er hoch in die Luft geflogen ist. Das gab eine schöne Explosion, fast wie bei einem von Ruunas Feuerzaubern."

„Und wieso bist du dann nicht gleich durch das Portal gekommen?"

Kolle druckst ein wenig herum. „Ich … nun ja, äh … ich hab mich nicht gleich getraut … Ich wusste ja nicht, ob das wirklich ein Netherportal ist. Ich dachte, ich warte einen Moment, ob du wieder rauskommst …"

„Sehr freundlich von dir. Ich hab mir Sorgen gemacht! Ich dachte, der Knallschleicher hat dich erwischt."

„Du hast dir Sorgen gemacht? Frag mich mal! Ich dachte, ich sehe dich nie wieder."

Wieder erklingt das grunzende Geräusch. Primo hat das Gefühl, dass es näher ist als beim letzten Mal.

„Was … was war das?", fragt Kolle.

„Ich weiß es nicht", antwortet Primo.

„Können wir jetzt bitte zurück ins Dorf gehen? Wir werden Golina hier niemals finden! Und mir ist ziemlich heiß."

Schweren Herzens muss Primo einsehen, dass Kolle recht hat: Er wird seine Freundin niemals wiedersehen. Es ist kaum vorstellbar, dass sie hier überlebt haben kann, allein, mit nicht einmal einem Schwert zu ihrer Verteidigung. Und das bei all den Monstern, die hier sicher …

Ein Grunzen lässt ihn herumfahren.

„Bei Notch!", ruft Kolle aus. Seine Augen sind vor Schreck geweitet. „Was … was ist das denn?"

Aus dem Gang links kommen mehrere Gestalten. Sie sehen aus wie aufrecht gehende Schweine, deren Körper und Gesichter grünlich angelaufen und entstellt sind, als wären sie von Nachtwandlern gebissen worden, jedoch mitten in der Verwandlung stecken geblieben. Sie sind mit Schwertern bewaffnet und tragen anstelle von Kleidung schlichte Tücher um ihre Hüften.

„Wer seid ihr?" Es klingt wie Grunzen, doch die Worte sind deutlich zu verstehen.

„Es … kann sprechen!", ruft Primo verblüfft aus.

„Das sind Fremde!", sagt einer der Zombie-Pigmen.

„Fremde sind gefährlich! Besser, wir töten sie!“, ruft ein Dritter.

„Hört sofort auf dazwischenzugrunzen, sonst gibt's Ärger!“, sagt der Erste, der eine Art Anführer zu sein scheint. „Ich grunze mit den Fremden und niemand sonst, verstanden?“ Er wendet sich an Primo und Kolle. „Ich frage noch einmal: Wer seid ihr?“

„Ich bin Primo, und das hier ist mein Freund Kolle. Wir suchen meine Freundin. Sie heißt Golina. Habt ihr sie vielleicht gesehen?“

„Die grunzen seltsam“, stellt einer der Zombie-Pigmen fest.

„Klar tun sie das“, meint der andere. „Sie sind Fremde.“

„Ich habe gegrunzt, ihr sollt aufhören zu grunzen, zum Ghast!“, schimpft der Anführer. „Und ihr, Fremde, kommt mit uns!“

„Wir sollen mit euch kommen?“, fragt Primo. „Wohin?“

„Wir bringen euch zu unserem Hohepriester. Er wird grunzen, was mit euch passieren soll.“

„Und wenn wir nicht mitkommen wollen?“, fragt Kolle.

„Dann töten wir euch!“

„Das kannst du ja mal versuchen, Schweinebacke!“, sagt Kolle.

Doch Primo macht ihm ein Zeichen, zu schweigen. „Wie gesagt, wir suchen meine Freundin. Sie sieht so aus wie wir, nur … äh … schöner. Habt ihr sie gesehen?"

„Schön?", sagt einer der Zombie-Pigmen. „Eine Fremde, die schön aussieht? Ich wälz mich auf dem Boden vor Lachen! Ihr seid so hässlich, dass man es kaum begrunzen kann!"

„Also, habt ihr eine Fremde getroffen, die so … hässlich war wie wir?"

„Ja. Genauso hässlich wie ihr! Man konnte nicht einmal erkennen, ob es Eber oder Sau war!"

„Jetzt ist aber Schluss mit dem Gegrunze", sagt der Anführer. „Kommt mit, oder es wird euch schlecht ergehen!"

„Du willst doch nicht etwa tun, was er sagt?", flüstert Kolle.

„Sie bringen uns zu Golina!", gibt Primo zurück. „Wir müssen mit ihnen gehen!"

Kolle schüttelt den Kopf. „Das kann nicht gut ausgehen!" Doch er leistet keinen Widerstand, als die Zombie-Pigmen sie umringen.

„Los jetzt!", kommandiert der Anführer. „Und kein Gegrunze! Der Feind darf nicht wissen, dass wir Gefangene haben!"

„Welcher Feind?", flüstert Kolle. „Was für Gefangene?"

Primo kann nur mit den Schultern zucken.

Die Zombie-Pigmen führen sie in den hinteren Teil der Höhle. Dort führt ein schmaler Gang in die Wand aus rötlichem Stein. Er sieht aus, als sei er künstlich angelegt worden, denn er führt schnurstracks geradeaus. Auch die Fackeln an den Wänden sprechen dafür. Er ist nur einen Block breit, sodass man ihn nur nacheinander betreten kann. Der Anführer und ein weiter Zombie-Pigman gehen vor, dann folgen Primo und Kolle, und schließlich die Nachhut aus drei Zombie-Pigmen.

Nach ein paar Blöcken mündet der Durchgang in eine natürliche Höhle, die sich auf der Rückseite der Glühsteine befindet. Primo kann das Brummen des Portals hören und fragt sich, ob es nicht doch klüger gewesen wäre, beim Anblick der hässlichen Gestalten die Flucht zu ergreifen. Doch dafür ist es nun zu spät.

Auf der anderen Seite der kleinen Höhle führt ein unregelmäßiger Tunnel weiter, dessen Ende anscheinend mit einem schmalen Gang künstlich verlängert wurde. Dieser trifft auf einen breiteren Quertunnel. In der gegenüberliegenden Tunnelwand ist eine weitere künstliche Öffnung, hinter der eine Treppe steil nach oben führt.

„Wo bringen die uns bloß hin?“, fragt Kolle.

„Kein Gegrunze!“, mahnt der Anführer.

Sie folgen der Treppe. Je höher sie steigen, desto heißer wird die Luft, bis man kaum noch atmen kann. Den Zombie-Pigmen scheint die Temperatur nicht viel auszumachen, aber Primo fühlt sich wie ein Brot im Ofen.

Die Erklärung für die Hitze offenbart sich, als sie das Ende der Treppe erreichen, die in eine riesige Höhle mündet. Direkt neben der obersten Treppenstufe befindet sich ein Teich aus Lava.

Der Anführer der Zombie-Pigmen sieht sich vorsichtig um, dann grunzt er und macht ein Zeichen mit dem Arm. „Die Luft ist rein!", behauptet er.

Diese Einschätzung kann Primo überhaupt nicht teilen. Es ist stickig, und ein beißender Geruch nach Verbranntem liegt in der Luft. Die Zombie-Pigmen schieben sie weiter, unter einem Felsüberhang hindurch und über einen schmalen Streifen rötlichen Gesteins zwischen zwei blubbernden Lavateichen. Auf der anderen Seite hat offenbar jemand eine Öffnung in die Felswand geschlagen. Dahinter führt eine gewundene Treppe nach oben. Sie endet im Boden einer weiteren Höhle, auch diese ist riesig. Mehrere Lavaströme stürzen von der Decke herab, an der Leuchtsteine in unregelmäßigen Anhäufungen glühen. Links neben der Treppenöffnung entspringt ein Lavastrom aus der Wand, weiter unten ist ein großer Lavasee zu sehen. Es ist so heiß, dass an einigen Stellen sogar der rötliche Stein brennt.

„Ich hab nicht gewusst, dass der Nether so groß ist!", sagt Kolle. „Wie sollen wir jemals wieder den Weg zurück ins Dorf finden? Außerdem fühle ich mich, als wäre ich durchgebacken."

„Nur Mut!", sagt Primo ohne große Überzeugung. „Wenn wir erst Golina gefunden haben, wird uns schon etwas einfallen." Der Gedanke daran, seine Freundin zu retten, ist das Einzige, das ihm noch Kraft gibt. Doch Kolle hat recht: Der Nether ist viel größer, als er es sich vorgestellt hat. Ohne die Hilfe der Zombie-Pigmen wird er seine Freundin niemals retten können.

Ein trauriges Jammern erklingt plötzlich von fern. Die Zombie-Pigmen bleiben abrupt stehen und sehen sich um.

„Was war das?", fragt Kolle.

„Das klang, als … als weine jemand. Meinst du, das … könnte Golina gewesen sein?"

„Ich weiß nicht. Es klang irgendwie anders …"

„Ghast!", brüllt der Anführer der Zombie-Pigmen.

„Gast? Was für ein Gast?", fragt Kolle

„Ich glaube, die meinen das Ding da oben", sagt Primo und zeigt in Richtung der Höhlendecke. In großer Höhe schwebt ein seltsames Gebilde heran. Es ähnelt einem Tintenfisch, ist jedoch viel größer und von bleicher Färbung. Tentakel an seiner Unterseite wedeln in der Luft herum. Eine Seite seines kastenförmigen Körpers zeigt ein riesiges, traurig wirkendes Gesicht. Wieder stößt das Wesen einen klagenden Laut aus, dann macht es ein schnaubendes Geräusch, und im nächsten Moment schießt ein Feuerball herab. Die Zombie-Pigmen rennen in alle Richtungen auseinander. Das brennende Geschoss schlägt dicht neben Primo und Kolle ein. Einige Steinblöcke fangen sofort Feuer.

„Der Ghast ist zornig!", ruft einer der Zombie-Pigmen.

Wieder schießt ein Feuerball herab, direkt auf Primo und Kolle zu. Die beiden können gerade noch zur Seite springen und entgehen der Attacke nur knapp.

„Das Vieh will uns rösten!", schimpft Kolle. „Als wenn es hier nicht schon heiß genug wäre!"

Der Ghast jammert, als sei er empört über diese Kritik, und schießt zur Antwort gleich noch einen Feuerball ab. Kolle will ausweichen, stolpert jedoch und schlägt rücklings hin. Entsetzt sieht Primo, wie das brennende Geschoss auf seinen Freund zurast. Er hat nur den Bruchteil eines Augenblicks, um sich selbst in Sicherheit zu bringen. Doch das würde den Tod seines besten Freundes bedeuten, und er wäre schuld. Lieber will er selbst sterben!

In seiner Verzweiflung stellt er sich dem heranrasenden Feuerball entgegen und schlägt mit dem Schwert danach – etwas Besseres fällt ihm nicht ein.

Zu Primos großer Verblüffung prallt der Feuerball von der Klinge ab, wird zurück in die Luft geschleudert, rast auf den Ghast zu, schlägt auf dessen bleichem Körper auf und explodiert. Das Wesen jammert und schießt vor Wut in rascher Folge zwei weitere Feuerbälle ab.

Diesmal versucht Primo nicht, auszuweichen. Er

konzentriert sich auf das erste Geschoss und schlägt mit aller Wucht danach. Wieder wird der Feuerball zurück zu seinem Verursacher geschleudert, doch der nächste ist bereits unterwegs, und die Schlagbewegung hat Primo eine Drehung versetzt. Statt zu versuchen, seine Bewegung abzubremsen, nutzt er den Schwung des Schlags, dreht sich einmal um sich selbst und schlägt erneut zu – exakt in dem Moment, in dem der nächste Feuerball eintrifft.

Der Ghast schreit jämmerlich, als er zweimal in kurzer Folge von seinen eigenen Feuerbällen getroffen wird. Dann stürzt er brennend ab und versinkt in einem Lavasee.

6. KAPITEL

Helden

Einen Augenblick lang herrscht Stille. Nur das Knistern der brennenden Steine und das Blubbern der Lava sind zu hören.

„Danke!“, sagt Kolle und rappelt sich auf. „Du hast mir das Leben gerettet!“

„Wer weiß, für wie lange“, erwidert Primo.

„Er hat den Ghast getötet!“, ruft einer der Zombie-Pigmen.

„Der Fremde hat einen Ghast getötet!“, stimmen die anderen ein. „Einen Ghast! Getötet!“

„Ich glaube, wir bekommen Ärger!“, meint Kolle. „Bleib dicht bei mir. Zu zweit werden wir vielleicht mit ihnen fertig.“

Doch die Zombie-Pigmen machen keine Anstalten, anzugreifen. Stattdessen knien sie sich auf den Boden und beugen ihre Häupter.

„Was hat das zu bedeuten?“, fragt Primo.

„Ich glaube, sie verehren dich“, meint Kolle. „Du bist wohl jetzt so eine Art Held für sie!“

„Großer Feuergott, wir grunzen zu dir!“, stimmt der Anführer einen Singsang an, der Primo an Magolus' Predigten erinnert. „In deiner Güte und Weisheit hast du uns diese Fremden geschickt, damit sie uns helfen, unsere Feinde zu besiegen! Dafür danken wir dir und lobgrunzen dich!"

„Wir danken dir und lobgrunzen dich!", stimmen die anderen zu. Dann richten sie sich wieder auf.

„Verzeiht, Fremde, dass wir euch respektlos behandelt haben", sagt der Anführer. „Wir wussten nicht, dass ihr vom Feuergott gesandt wurdet, um uns im Kampf gegen unsere Feinde beizustehen."

„Nun ja, äh, eigentlich wussten wir das ja auch nicht", meint Primo. „Was denn eigentlich für Feinde?"

„Wir bringen euch zu Yolo, unserem Hohepriester. Er wird euch alles grunzen", sagt der Zombie-Pigman.

Sie klettern die Höhlenwand empor, bis sie hoch oben eine Stelle erreichen, an der eine Ansammlung von Leuchtsteinen aus der Wand herausragt. Links davon befindet sich der Eingang zu einer Höhle. Eine große Gruppe von Zombie-Pigmen wartet dort bereits auf sie.

„Sie sind zurück!", ruft einer. „Snafu und die anderen sind zurück! Und sie haben die Helden mitgebracht!"

„Die Helden, die den Ghast getötet haben!"

„Hoch leben die Fremden!"

„Das sind keine Fremden, das sind Helden, du Dummkopf!"

„Selber Dummkopf. Sie sind Fremde *und* Helden! Fremde Helden eben!“

„Schluss mit dem Gegrunze!“ Der Zombie-Pigman, der das gesagt hat, unterscheidet sich in Primos Augen nicht von den anderen, doch augenblicklich verstummt die Diskussion. „Grunz mir, was geschehen ist Snafu.“

„Wir haben den Weg des Fremden zurückverfolgt, wie du es uns gegrunzt hast, Hohepriester Yolo“, erzählt der Anführer. „Wir fanden das Tor in die Lichtwelt. Und wir fanden diese beiden Fremden. Wir wollten sie herbringen, damit wir sie dem Feuergott opfern können, um Stärke gegen unsere Feinde zu erbitten, doch dann, als wir …“

„Moment mal!“, unterbricht Primo. „Ihr wolltet uns opfern? Aber …“

„Grunze nicht, wenn du nicht gefragt wirst, Fremder!“, sagt der Hohepriester streng.

„Dem grunz ich gleich was!“, brummt Kolle, doch Primo mahnt ihn zur Zurückhaltung.

„Es sind zu viele, um gegen sie alle zu kämpfen“, flüstert er. „Außerdem scheinen sie uns jetzt für Helden zu halten. Wir brauchen ihre Hilfe noch.“

„Seid ihr jetzt vielleicht endlich fertig mit dem Gegrunze?“, fragt Yolo. Als Primo nickt, wendet er sich wieder an den Anführer der Patrouille. „Fahre fort, Snafu!“

„Als wir von dem Ghast angegriffen wurden, war

die Situation ziemlich verfahren, also eigentlich normal. Doch dann hat der Fremde hier den Ghast getötet."

Yolo nickt. „Wir haben den Kampf von hier oben beobachtet. Ich grunze euch im Clan der Lavaspringer willkommen, Fremde! Heute ist ein großer Tag für uns. Der Feuergott hat euch zu uns geschickt, damit ihr unsere Feinde, die niederträchtigen Feuertänzer, für uns besiegt!"

Er führt die beiden Helden tiefer in die Höhle, wo sie von den Zombie-Pigmen umringt werden.

„Eigentlich sind wir hier, weil wir meine Freundin suchen", sagt Primo. „Sie heißt Golina. Wo ist sie?"

„Golina?", sagt Yolo. „Hier ist keine Golina."

„Aber der hier … Snafu, oder wie er heißt, hat gesagt, sie sei hier gewesen!"

„Hast du das gegrunzt, Snafu?"

„Nein. Er hat gefragt, ob wir einen Fremden getroffen haben, und ich habe gegrunzt, ja."

„Und wo ist dieser Fremde jetzt?", fragt Primo.

„Tot", meldet sich einer der anderen Zombie-Pigmen zu Wort. „Ich sah, wie er in die Lava stürzte. Fremde sterben meistens, wenn sie in die Lava fallen."

In Primo bricht eine Welt zusammen. „Oh nein!", ruft er aus. „Es war alles umsonst! Ich werde Golina nie wiedersehen!" Ein Schluchzer entringt sich seiner Kehle. „Meine arme, arme Golina!"

„Wovon grunzt er?“, fragt einer der Zombie-Pigmen.

„Ich glaube, er ist verliebt“, antwortet ein anderer.

„Quatsch, er ist ein Held!“, widerspricht der Erste. „Helden verlieben sich nicht!“

„Tun sie doch!“

„Tun sie nicht!“

Über das Gegrunze der Zombie-Pigmen hinweg versucht Kolle, seinen Freund zu trösten. „Für diese Wesen sehen wir alle gleich aus. Vielleicht war es gar nicht Golina, die er in die Lava stürzen sah.“

Primo wünscht sich, er könnte das glauben, doch seine Hoffnung hat sich aufgelöst wie ein Wassertropfen in der Gluthitze des Nethers. Nicht nur, dass seine Freundin hier umgekommen ist, völlig sinnlos hat er auch noch seinen besten Freund und sich selbst in Lebensgefahr gebracht. Und das alles nur wegen eines dummen Streits!

„Wie ist das passiert?“, fragt Kolle. „Wie ist der Fremde in die Lava gestürzt?“

„Fubar, du hast es gesehen“, sagt der Hohepriester. „Grunze den Fremden, was geschehen ist.“

Der angesprochene Zombie-Pigman nickt und beginnt zu berichten. „Ich war zusammen mit Plonk, einem Späher unseres Nachbarclans der Feuertänzer, in der Nähe der Schwarzen Festung, als wir den Fremden sahen. Er versuchte, in die Festung einzudringen, und wurde von schwarzen Skeletten angegriffen. Wir sahen, wie er von der Festung herab in den Lavasee stürzte. Wir sprangen beide in den See, um zu retten, was zu retten war."

„Ihr seid in einen Lavasee gesprungen?", fragt Kolle ungläubig.

„Ja, warum nicht? Denkst du etwa, wir können nicht schwimmen? Wir wollten die Dinge retten, die der Fremde bei sich gehabt hatte. Doch das Einzige, das wir bergen konnten, war das Heilige Ei."

Bei diesen Worten fangen die versammelten Zombie-Pigmen an, aufgeregt zu grunzen.

„Ruhe jetzt!", ruft Yolo. „Fahre fort, Fubar."

„Ich wollte das Ei hierher in unsere Clanhöhle bringen, doch Plonk war dagegen. Er grunzte, er habe es zuerst gesehen, und daher müsse er es zu seinem Clan bringen, der Lügner. Wir haben uns gestritten. Ich, der ich viel stärker und geschickter bin, besiegte Plonk, doch einige seiner hinterhältigen Clanbrüder schlichen sich heimtückisch von hinten an und fielen mir in den Rücken. Es waren mindestens fünf oder sechs, vielleicht auch zehn. Sie überwältigten mich und entrissen mir das Ei. Gegen ihre Übermacht konnte ich nichts ausrichten, so wahr ich hier grunze. Plonk und ich waren früher Freunde, doch als er das Heilige Ei sah, leuchtete die Gier in seinen Augen. Er war nicht wiederzuerkennen. Ein hoffnungsloser Schlamassel!"

Die Schilderung der Ereignisse regt die Zombie-Pigmen so sehr auf, dass sie wild durcheinander rufen:

„Die Feinde haben unser Heiliges Ei gestohlen!"

„Wir müssen es so schnell wie möglich zurückholen!"

„Meiner bescheidenen Meinung nach wird das nicht so einfach …"

„Nicht einfach? Ich wälz mich vor Lachen! Asap hat recht: Wir gehen einfach hin und holen uns das Ei zurück!"

„Ach ja? Wenn das so einfach ist, dann geh du doch und hol es, Rofl!"

„Mach's doch selber, Imho! Außerdem, wir haben doch jetzt die Fremden. Sie wurden zu uns geschickt, um für uns die Drecksarb… ich meine, Heldentaten zu vollbringen, oder nicht?"

Wieder ist es Yolo, der die anderen zur Ordnung ruft. „Nun wisst ihr, was geschehen ist, Fremde." Er zeigt auf Primo. „Du, der du den Ghast getötet hast, wirst zu den Feinden gehen und das Heilige Ei holen. Dein Freund ist in der Zwischenzeit unser Gef… ich meine, Gast."

„Wie sah es aus, dieses Ei?", fragt Primo den Zombie-Pigman, der es gefunden hat.

„Es ist schwarz und ungefähr so groß." Er hält die Hände etwa einen Block weit gespreizt.

„Schwarz? Groß? Also ganz bestimmt kein Hühnerei!", ruft Primo. „Notch sei Dank!"

„Wieso ist das ein Grund zur Erleichterung?", fragt Kolle.

„Hast du schon mal so ein Ei gesehen, wie er es gerade beschrieben hat?“

„Nein, warum?“

„Im Dorf gibt es so etwas jedenfalls nicht. Und das bedeutet, Golina kann es unmöglich bei sich gehabt haben. Und das wiederum heißt, der Fremde, der in die Lava gestürzt ist, war nicht Golina.“

„Hab ich ja gesagt“, stimmt Kolle zu. „Aber trotzdem wissen wir immer noch nicht, wo sie ist.“

Primo nickt traurig. Er wendet sich an Yolo. „Es tut mir leid, aber wir können euch nicht helfen. Wir müssen jetzt gehen und weiter nach meiner Freundin suchen.“

„Ihr geht nirgendwohin!“, sagt Hohepriester Yolo. „Entweder du bringst uns das Heilige Ei, oder wir werfen dich und deinen Freund in die Lava!“

„JETZT REICHT'S ABER!“, brüllt Kolle. Sein Gesicht ist grün angelaufen, was im rötlichen Licht des Nethers einen ungesunden Braunton ergibt. „WAGT ES BLOSS NICHT, UNS ANZURÜHREN!“

Die Zombie-Pigmen lassen sich von seinem Wutausbruch nicht einschüchtern. Sie ziehen ihre Schwerter und bedrohen die beiden Freunde von allen Seiten.

„Es sind viel zu viele“, raunt Primo. „Auch wenn du stärker bist als sie, hier in der engen Höhle können wir ihren Schwerthieben nicht ausweichen. Sie werden uns in Stücke hauen!“

„Kann sein. Aber ein paar von denen nehme ich mit in den Nether … ach, Mist, da sind wir ja schon."

„Lass mich versuchen, dieses blöde Ei zu holen. Vielleicht sind die anderen Zombie-Pigmen ja vernünftiger als diese hier. Und außerdem wissen sie vielleicht, wo Golina ist."

„Dann gehe lieber ich", widerspricht Kolle. „Immerhin bin ich stärker als du, und …"

Primo schüttelt den Kopf. „Nein. Mit Gewalt werden wir dieses Problem nicht lösen. Ich kriege das schon irgendwie hin. Und wenn nicht, hast du zumindest eine Chance, dich zu befreien."

„Was grunzt ihr da die ganze Zeit?", will Yolo wissen.

„Wir haben nur zum Feuergott gebetet, damit er mir bei dieser schwierigen Aufgabe beisteht", behauptet Primo.

„Gut. Aber jetzt geh! Und wage es nicht, ohne das Heilige Ei zurückzukommen! Wenn du versagst, stirbt dein Freund. Und man lebt schließlich nur einmal."

„Wo finde ich denn diese Feuertänzer?", fragt Primo.

„Ach ja, ihr seid fremd hier und kennt euch nicht aus", gibt Yolo zu. „Das hatte ich vergessen. Also gut, einer von uns wird dich zu ihrer Höhle führen." Er blickt die übrigen Zombie-Pigmen an. „Wer will die ehrenvolle Aufgabe übernehmen, den Helden bei seiner gefährlichen Mission zu begleiten?"

Die Zombie-Pigmen drucksen herum.

„Also, äh, …"

„Ich kann gerade nicht …"

„Ich muss ganz dringend nach meinen Pilzen sehen."

„Ich war schon letztes Mal dran, als wir gegen den Magmaschleim gekämpft haben!"

„Mein Bein schmerzt wieder."

„Ihr elenden Feiglinge!", schimpft Yolo. „Wenn nicht augenblicklich einer von euch grunzt, dass er die Aufgabe freiwillig übernimmt, werde ich jemanden bestimmen!"

„Wie wäre es mit Dau?", fragt Snafu und zeigt auf einen Zombie-Pigman, der etwas abseits am Ende der schmalen Höhle steht. „Wenn der in die Hände der Feinde fällt, ist es jedenfalls nicht so schlimm."

„Ja, genau! Dau soll es machen!", stimmen die anderen zu.

„Gut, dann ist es begrunzt", beschließt Yolo. „Dau wird den Fremden zur Höhle der Feinde führen. Dau, hast du das verstanden?"

„Dau!", sagt der Zombie-Pigman.

„Geh und führe den Fremden zur Höhle der Feuertänzer!", wiederholt Yolo.

„Dau!", sagt Dau. Er dreht sich zu Primo um. „Dau!"

„Na toll!", grummelt Primo. „Ich soll für einen Haufen Schwachköpfe eine unlösbare Aufgabe vollbringen. Und dabei werde ich vom Dümmsten der Schwachköpfe angeführt. Das kann ja gar nicht schiefgehen!“

Er wirft einen letzten verzweifelten Blick zu Kolle, der hilflos mit den Schultern zuckt. Dann folgt er dem Zombie-Pigman.

7. KAPITEL

Die Feinde

„Du kannst nicht sprechen, hab ich recht?“, fragt Primo, als sie die den Abhang unterhalb der Clanhöhle herabklettern.

„Dau“, sagt der Zombie-Pigman.

„Und deshalb halten dich alle für dumm, nicht wahr?“

„Dau.“

„Aber vielleicht bist du ja gar nicht so dumm, wie alle glauben.“

„Dau?“

„Also pass auf, ich stell dir eine Aufgabe. Nehmen wir an, du hast drei Fische, und jemand gibt dir noch drei dazu. Wie viele Fische hast du dann?“

„Dau?“

„Sechs. Es sind sechs Fische! Du hättest sechsmal Dau sagen sollen: Dau, Dau, Dau, Dau, Dau, Dau.“

„Dau?“

„Also noch mal. Ein Huhn legt jeden Tag ein Ei. Wie viele Eier legen dann zwei Hühner an zwei Tagen?“

„Dau?“

Primo seufzt. „Na schön, vergessen wir das. Bring mich einfach zu diesem anderen Clan!"

„Dau!"

Der Zombie-Pigman führt Primo quer durch die Höhle, vorbei an einem Lavafall und brennenden Steinen, unter einer Art natürlichem Torbogen hindurch, zu dessen Füßen einige Pilze wachsen. Dahinter liegt eine Höhle, deren Anblick Primo den Atem stocken lässt, nicht nur, weil es hier noch heißer zu sein scheint als bisher schon. Ein riesiger Lavasee erstreckt sich tief unten, in den mehrere Lavafälle von der Decke herabstürzen. Die Höhle ist so groß, dass man das ferne Ende nicht erkennen kann, obwohl alles vom rötlichen Licht der Lava erhellt ist.

Sie folgen dem Ufer des Sees zu ihrer Linken, durchqueren eine Senke und klettern auf der anderen Seite einen Hang hinauf.

„Dau!", macht Primos Führer. Er deutet auf einen Block, der sich von dem rötlichen Stein unterscheidet. Er ähnelt dem Kies, den man am Ufer des Flusses nahe dem Dorf findet. „Dau!" Es klingt eindringlich, fast wie eine Warnung. Doch der Zombie-Pigman betritt den Block und klettert weiter den Hang hinauf.

Als Primo ihm folgt, sinken seine Füße ein Stück in den Boden ein. Es ist mühselig, über diese merkwürdigen Blöcke zu klettern, denn sie scheinen seine Beine festhalten zu wollen, als versuchten sie, ihn für immer hier gefangen zu halten. Mit großer Anstrengung erreicht er die Oberkante des Hangs. Hinter einem flachen Stück, das mit den grauen, klebrigen Blöcken bedeckt ist, führt ein schmaler Felsgrat zu einer Art Insel, die über dem riesigen Lavameer zu schweben scheint.

Dau steht bereits auf dem Grat und sieht Primo erwartungsvoll an. „Dau!“, ruft er.

Es sind nur wenige Schritte bis zu ihm, doch Primo verlässt auf einmal alle Kraft. Die Hitze und die Anstrengungen der Kletterei zermürben ihn. Seine Freundin ist spurlos verschwunden, sein bester Freund in Gefangenschaft der Zombie-Pigmen und er selbst auf einer hoffnungslosen Mission. All das ist allein seine Schuld. Seit dem Streit mit Golina hat er irgendwie alles immer nur noch schlimmer gemacht. Wahrscheinlich sollte er einfach so lange hier stehen bleiben, bis er in der Hitze irgendwann Feuer fängt und verglüht. Dann bringt er den Dorfbewohnern wenigstens nicht noch mehr Unglück.

„Dau!“, ruft der Zombie-Pigman.

„Geh ohne mich weiter!“, sagt Primo. Selbst seine Stimme ist kraftlos. „Es hat ja doch alles keinen Sinn.“

Der Zombie-Pigman schüttelt den Kopf. „Dau!“, ruft er und grunzt verächtlich. Dann betritt er die grauen Blöcke. Seine Schritte scheinen sich zu verlangsamen. Als er Primo erreicht, greift er dessen Arm und zerrt daran.

„Dau!“

„Selber Dau! Lass mich in Ruhe!“

Doch der Zombie-Pigman lässt nicht locker. „Dau! Dau!“

Resigniert gibt Primo nach und lässt sich über die klebrige Oberfläche zerren. Nach einer gefühlten Ewigkeit erreichen sie den Felsgrat. Kaum betritt er den rötlichen Felsen, fallen die Müdigkeit und Schwere, die er eben noch gespürt hat, von ihm ab. Die Situation erscheint ihm zwar immer noch hoffnungslos, doch er wird nicht aufgeben. So unwahrscheinlich es auch sein mag, dass er zumindest Kolle retten kann, hier einfach stehen zu bleiben kommt nicht infrage.

Er wirft einen Blick zurück zu den grauen Blöcken, die ihm auf irgendeine unheimliche Art den Willen aus dem Körper gesaugt haben, und erschaudert. „Danke, Dau!“

„Dau!“, erwidert dieser erfreut.

Sie überqueren den Felsgrat und gelangen auf ein flaches Felsplateau. Dahinter führt der Felshang weiter hinauf.

Dau zeigt auf eine Stelle rechts oben, wo einige Steinblöcke in Flammen stehen.

„Dau!“

„Dort oben ist es?“, fragt Primo.

Der Zombie-Pigman nickt. „Dau!“

Im nächsten Moment erklingt wildes Gegrunze. Eine ganze Horde Zombie-Pigmen stürmt mit gezogenen Schwertern den Hang herab. Im Nu haben sie Dau und Primo umringt.

„Wer seid ihr, und was macht ihr hier?", ruft einer der Zombie-Pigmen. „Raus mit dem Gegrunze!"

„Dau!", sagt Dau.

„Dau? Was soll das denn heißen?", fragt der Anführer der Feinde.

„Ich kenne den da", ruft einer der anderen. „Er ist einer von den Feinden. Er ist nicht ganz richtig im Kopf."

Ein paar der Zombie-Pigmen lachen.

„Dau!", widerspricht Dau.

„Er ist nicht dumm, er kann bloß nicht sprechen", erklärt Primo. „Ich bin Primo. Ich bin hier weil … nun ja, äh … habt ihr zufällig Golina gesehen? Sie sieht so ähnlich aus wie ich, nur anders, und …"

„Du grunzt wirr! Der Seelensand hat dir wohl den Verstand geraubt, Fremder!"

„Dau!", kommentiert Dau.

„Seelensand?", fragt Primo. „Sind das diese seltsamen Blöcke da drüben, die einen langsam und traurig machen?"

„Sie sind ein guter Schutz gegen Feinde!", bestätigt der Zombie-Pigman.

„Wir sind keine Feinde", widerspricht Primo. „Wir kommen in Freundschaft."

„Freundschaft? Ha!" Der Anführer grunzt verächtlich. „Dau ist ein Feind. Und weil du mit ihm gekommen bist, bist du auch ein Feind. Wir bringen euch zu unserem Hohepriester. Er wird grunzen, wann wir euch dem Feuergott opfern."

„Dau!", ruft Primos Führer erschrocken aus. Er versucht, zu fliehen, doch im Nu haben ihn zwei der Zombie-Pigmen geschnappt und zerren den strampelnden und quiekenden Dau den Hang hinauf. Umringt von einem halben Dutzend Feinden folgt ihm Primo schweren Herzens. Dau ist nun ein weiteres Opfer von Primos vergeblichen Versuchen, seine Probleme zu lösen.

Etwas weiter oben befindet sich eine kleine Höhle, offenbar das Hauptquartier dieses Clans. Einer der Zombie-Pigmen tritt vor. Die anderen verneigen sich vor ihm.

„Als Hohepriester des Clans der Flammentänzer grunze ich ...", beginnt er, doch in diesem Moment ertönt ein spitzer Schrei aus dem hinteren Teil der Höhle. „Dau!"

„Dau!", antwortet Primos Führer.

Ein Zombie-Pigman schiebt sich an den anderen vorbei und umarmt Dau. „Dau! Du bist zurückgekehrt!"

„Was fällt dir ein, Xoxo! Das sind Feinde! Sofort wirst du dich von ihnen entfernen!"

Der Zombie-Pigman lässt Dau widerstrebend los. „Das ist kein Feind, Hohepriester Oloy. Das ist bloß Dau! Wir sind Freunde, seit wir ..."

„Schluss mit diesem ketzerischen Gegrunze!“, schimpft Oloy. „Der da ist vom Clan der Lavaspringer, der von dem Ketzer Yolo angeführt wird. Nur Verlierer folgen Yolo! Die Lavaspringer sind unsere Feinde, also ist auch der da ein Feind!“

„Findet ihr nicht, dass dieser ganze Streit ziemlich sinnlos ist?“, fragt Primo. „Ihr wart gute Nachbarn, bis ihr dieses blöde Ei gefunden habt!“

„Wie kannst du es wagen, so über das Heilige Ei zu grunzen!“, ruft Oloy empört. Auch die anderen Zombie-Pigmen stoßen wütende Grunzlaute aus.

„Wo ist es überhaupt, dieses Ei?“, fragt Primo.

Oloy funkelt ihn böse an, doch er führt ihn in den hintersten Teil der Höhle. Dort liegt auf einem Podest aus rotem Stein ein Gebilde, das tatsächlich grob die Form eines Hühnereis hat, jedoch viel größer und tiefschwarz ist.

„Erzittere in Ehrfurcht vor dem Heiligen Ei, Fremder!“, ruft der Hohepriester der Feuertänzer aus.

„Das ist alles?“, fragt Primo. „Wegen dieses hässlichen Dings habt ihr euch so zerstritten?“

„Wenn du nicht ohnehin bald dem Feuergott geopfert würdest, würde ich dich für diesen Frevel in die Lava werfen lassen, Fremder!“, ruft Oloy zornig. „Das Ei ist heilig!“

„Und wieso ist es heilig?“, fragt Primo, der langsam die Nase voll von dem Gegrunze hat.

„Der Feuergott hat es uns in seiner Gnade geschenkt, damit es uns Kraft gibt im Kampf gegen unsere niederträchtigen Feinde!", behauptet Oloy. „Plonk, berichte, wie du das Ei für unseren Clan vor den habgierigen Klauen unserer Feinde gerettet hast!"

Einer der Zombie-Pigmen tritt vor. „Ich war zusammen mit Fubar, einem Späher der Lavaspringer, in der Nähe der Schwarzen Festung, als wir einen Fremden sahen. Er versuchte, in die Festung einzudringen, und wurde von schwarzen Skeletten angegriffen. Wir sahen, wie er von der Festung herab in den Lavasee stürzte. Wir sprangen beide in den See, um zu retten, was zu retten war."

„Die Geschichte kommt mir bekannt vor", meint Primo.

„Wir wollten die Dinge retten, die der Fremde bei sich gehabt hatte", fährt Plonk fort. „Doch das Einzige, das wir bergen konnten, war das Heilige Ei. Ich wollte es hierher in unsere Clanhöhle bringen, denn schließlich hatte ich es gefunden, doch Fubar beanspruchte es für seinen Clan und wollte es mir stehlen. Er versuchte, es mir zu entreißen, und als ihm dies nicht gelang, rief er seine Clanbrüder zu Hilfe. Es waren mindestens fünf oder sechs, vielleicht auch zehn. Doch ich besiegte sie alle, so wahr ich hier grunze."

„Ein Hoch auf Plonk!", ruft die Menge. „Es lebe Plonk, unser Held!"

„Da hörst du es!", erklärt Oloy. „Das Ei hat Plonk

die Kraft des Feuergottes verliehen und ihn unbesiegbar gemacht. Mit seiner Hilfe werden die Feuertänzer der größte und mächtigste Clan von allen werden!"

„Hohepriester, Plonk lügt!", ruft Primo. „Fubar hat dieselbe Geschichte erzählt, nur andersherum: Er behauptete, Plonk habe Verstärkung von eurem Clan bekommen und nur deshalb das Ei an sich nehmen können. Ich schließe daraus, dass die beiden allein waren, als sie das Ei fanden. Sie haben sich geprügelt und Plonk hat gewonnen, doch unbesiegbar ist er deshalb noch lange nicht! Dies hier ist nichts als ein nutzloser Steinklumpen. Euer ganzer Streit ist vollkommen sinnlos!"

„Dau!", ruft Dau zur Bestätigung.

„Schluss jetzt!", ruft der Priester voller Zorn. „Ich höre mir dieses frevelhafte Gegrunze nicht länger an. Bringt die beiden auf den Opferstein! Plonk wird sie dort bewachen, bis wir mit den Vorbereitungen für das Opferritual fertig sind."

„So hört doch!", ruft Primo verzweifelt. „Eure Starrsinnigkeit wird noch viel Leid über eure Clans bringen. Beendet es hier und jetzt! Opfert das Heilige Ei dem Feuergott!"

„Wir sollen das Heilige Ei opfern?", fragt der Priester und grunzt abfällig. „Das wäre, als würden wir das Geschenk des Feuergottes ablehnen. Er würde uns zürnen und uns vernichten! Aber das ist ja genau das, was du willst, nicht wahr, Spion der Lavaspringer? Sie haben dich zu uns geschickt, damit du uns Lügen vorgrunzt. Sie denken, wir sind dumm genug, die Quelle unserer überlegenen Macht wegzuwerfen. Aber das sind wir nicht! Und jetzt bringt die beiden weg!"

Dau und Primo werden von einer Gruppe von Zombie-Pigmen aus der Höhle eskortiert. Sie klettern den Hang links vom Höhleneingang hinauf und balancieren einen Grat entlang, sodass sie sich jetzt rechts oberhalb der Clanhöhle befinden. Der Fels endet an einem senkrechten Absturz. Tief unter ihnen glimmt ein Meer von Lava. Unmittelbar vor Primo hängt eine Art Felsnase von der Höhlendecke herab. Am unteren Ende befinden sich einige Vorsprünge, gerade groß genug, dass man darauf stehen kann. Zwischen dem Fels, auf dem Primo steht, und dem unteren Teil der Felsnase klafft ein einen Block breiter Spalt.

„Los, springt da rüber!", befiehlt einer der Wächter.

„Dau!", sagt Dau und befolgt den Befehl. Mit einem Satz ist er auf der Felsnase. Rasch klettert er auf einen anderen Block, um Primo den Weg frei zu machen.

„Jetzt du, Fremder!"

Primo starrt in die Tiefe. Ein Schwindel befällt ihn, und er hat das Gefühl, gleich vornüber in die lodernde Tiefe zu stürzen.

„Ich … ich kann das nicht“, sagt er.

„Schwächling!“, grunzt der Wächter. „Oloy hat recht: Nur Versager folgen Yolo.“

„Was sollen wir machen?“, fragt einer der anderen. „Ihn runterwerfen?“

„Der Hohepriester hat gesagt, wir sollen ihn auf den Opferstein bringen, also machen wir das auch.“

„Und wenn er nicht springt? Was willst du dann machen, Plonk?“

„Das wirst du gleich sehen.“ Der kräftige Zombie-Pigman packt Primo an den Armen und wirft ihn auf die Felsnase. Der überraschte Primo rudert mit den Armen, verliert das Gleichgewicht und droht, nach hinten in die Tiefe zu kippen, doch Dau springt herbei und hält ihn fest.

„Das war knapp“, sagt Primo, als er sich wieder gefangen hat. „Danke, Dau!“

„Dau!“

Primo sieht sich auf dem Felsen um. Hier ist nur sehr wenig Platz. Auf der Rückseite führen drei Blöcke von der Felsnase fort, wie ein Sprungbrett ins Lavameer. Er hat das ungute Gefühl, dass er seine letzten Schritte über diese Blöcke machen wird, um dann hinab in die brodelnde Tiefe zu stürzen. Weiter oben ist der Felsen so steil, dass man nicht hinaufklettern und fliehen kann. Der einzige Ausweg ist es, über den Spalt zurück auf den Felsen zu springen, doch dieser Weg ist durch Plonk versperrt, der die beiden mit grimmigem Gesichtsausdruck und gezücktem Schwert beobachtet.

„Na großartig!“, seufzt Primo. „Da können wir uns ja eigentlich auch gleich jetzt in die Tiefe stürzen. Dann vermasseln wir diesen Blödianen wenigstens ihr Opferritual!“

„Dau“, sagt Dau.

8. KAPITEL

Flucht

Zeit vergeht. Primo grübelt darüber nach, wie er es schon wieder geschafft hat, eine hoffnungslose Situation noch schlimmer zu machen. Und das alles nur, weil er einen falschen Satz zu Golina gesagt hat. Wenn er wenigstens seine Freunde noch einmal sehen könnte, um ihnen zu sagen, wie leid ihm das alles tut!

Dau steht nur da und blickt hinaus über die Lava. Primo kann seinen Gesichtsausdruck nicht deuten, aber er scheint traurig zu sein.

„Es tut mir wirklich leid, Dau“, sagt er. „Aber ich möchte dir sagen, dass es mich trotz allem gefreut hat, dich kennenzulernen.“

„Dau!“, gibt der Zombie-Pigman zurück.

Das Jammern eines Ghasts ertönt. Das fehlte noch, dass sie hier angegriffen werden, wo kaum eine Chance besteht, den Feuerbällen auszuweichen! Doch das Wesen schwebt in der Ferne über dem Lavameer vorbei, ohne sie zu beachten. Ein verrückter Gedanke kommt Primo: Wenn er den Ghast irgendwie anlocken könnte, sodass dieser direkt unter die Felsnase schwebt, könnten sie vielleicht auf seinen Rücken springen und auf ihm davonreiten. Dann müssten sie den Ghast nur noch irgendwie dazu bringen, sie auf einem anderen Felsen abzusetzen, anstatt sie einfach abzuschütteln und in die Lava stürzen zu lassen …

Rhythmisches Grunzen erklingt vom Plateau am Fuß des Hangs, in dem die Höhle der Feuertänzer liegt. Die Zombie-Pigmen scheinen sich dort versammelt zu haben, um zum Feuergott zu beten. Das Opferritual hat begonnen, und damit womöglich die letzten Momente in Primos und Daus Leben.

Ein Zombie-Pigman nähert sich. „Oloy hat gegrunzt, ich soll dich ablösen, Plonk!“, sagt er.

„Mir hat er aber gegrunzt, ich soll die Gefangenen bewachen, Xoxo. Das ist eine ehrenvolle Aufgabe. Ich werde meinen Platz hier nur verlassen, wenn Oloy selbst es mir grunzt!“

„Oloy ist dabei, das Opferritual durchzuführen, und kann nicht selbst herkommen, du Dummkopf! Er will, dass du bei der Zeremonie dabei bist, weil du das Heilige Ei zum Clan gebracht hast. Du wirst die Ehre haben, die Gefangenen in die Tiefe zu stürzen. Doch dazu musst du zuerst mit Heiliger Lava geweiht werden. Nun los, beeil dich, oder du verdirbst noch alles!“

„Wenn das so ist“, sagt Plonk und springt rasch die Felsen hinauf.

Kaum ist er außer Sichtweite, ruft Xoxo: „Kommt schnell, wir müssen uns beeilen. Plonk wird bald merken, dass ich nicht die Wahrheit gegrunzt habe!" Der Zombie-Pigman macht den Block auf der anderen Seite des Spalts frei.

Ohne zu zögern, springt Dau über den Spalt und klettert den Hang auf der anderen Seite hinauf. Primo starrt in die Tiefe. Wieder überkommt ihn ein Schwindelgefühl. Sein Körper fühlt sich an wie gelähmt.

„Sieh mich an, Fremder!", sagt Xoxo.

Primo blickt auf. Das Gesicht des Zombie-Pigman ist hässlich und fremdartig, dennoch glaubt er, ein aufmunterndes Lächeln darin zu erkennen.

„Sieh nicht nach unten. Schau nur mich an. Und jetzt spring. Es ist ganz leicht!"

Primo befolgt den Rat, nimmt alle Kraft zusammen und springt. Es funktioniert: Er landet sicher auf der anderen Seite des Spalts.

„Danke!", ruft er erleichtert aus.

Xoxo sieht ihn ernst an. „Grunze die Wahrheit, Fremder. Bist du hergekommen, um unser Heiliges Ei zu stehlen?"

Primo überlegt fieberhaft. Wenn er die Wahrheit sagt, wird dieser Zombie-Pigman höchstwahrscheinlich wütend werden und ihn vielleicht doch noch in den Abgrund stoßen. Andererseits kann er ohne das Ei Kolle nicht retten, und eine Rückkehr zum Clan der Lavaspringer wäre sinnlos. Außerdem missfällt ihm der Gedanke, den hilfsbereiten Zombie-Pigman anzulügen.

„Ja“, gibt er zu. „Mein Freund ist in der Gewalt der Lavaspringer. Ihr Priester hat gesagt, dass sie ihn töten werden, wenn ich ihnen das Ei nicht bringe.“

„Dau!“, ruft Primos Begleiter zur Bestätigung.

Der Zombie-Pigman mustert ihn einen Augenblick schweigend, dann nickt er. „Gut, dass du die Wahrheit gegrunzt hast. Ich werde dir helfen. Dieses verfluchte Ei hat nur Unheil über unseren Clan gebracht. Ich bin froh, wenn es weg ist. Kommt mit!“

Sie klettern den Hang hinauf bis zu dem Grat über dem Höhleneingang. Alle Zombie-Pigmen sind unten auf dem Plateau. Ihr rhythmisches Grunzen scheint an Geschwindigkeit und Intensität zuzunehmen. Xoxo springt herab und huscht in die Höhle. Primo und Dau folgen ihm. Das Ei liegt unbewacht auf seinem Sockel. Primo nimmt es an sich. Es ist ziemlich schwer und fühlt sich warm an. Rasch verlassen die drei die Höhle.

Xoxo führt sie zum Rand des kleinen Felsplateaus vor der Höhle. Hier geht es mehrere Dutzend Blöcke senkrecht in die Tiefe. Der Zombie-Pigman zeigt nach rechts auf einen schmalen Grat, der unterhalb der Felskante verläuft und von oben kaum zu sehen ist. „Versteckt euch dort!“, sagt er. „Ich werde sie ablenken. Wenn die anderen oberhalb von euch sind, schleicht ihr den Grat entlang und flieht.“

„Was geschieht mit dir?“, fragt Primo.

„Ich komme schon zurecht. Oloy wird wütend auf mich sein, aber irgendwann beruhigt er sich wieder.“

„Danke, Xoxo!“, sagt Primo. „Das werde ich dir niemals vergessen.“

„Schon gut, Fremder. Sorg nur dafür, dass das Ei nicht noch mehr Unheil anrichtet! Und jetzt geht. Viel Glück!“

„Dau!“

Xoxo und Dau umarmen sich. „Pass mir gut auf den Fremden auf, Kleiner!“, sagt Xoxo.

„Dau!“

Primo und Dau klettern auf den Grat. Kaum sind sie aus dem Blickfeld, rennt Xoxo zum Plateau, wo die Opferzeremonie stattfindet, und stimmt ein wildes Geschrei an. „Die Gefangenen! Die Gefangenen haben sich in die Tiefe gestürzt!“

Das rhythmische Grunzen der Zombie-Pigmen kommt aus dem Takt und erstirbt dann ganz. Primo kann die Stimme des Hohepriesters hören: „Wie kannst du es wagen, die Opferzeremonie zu stören, Xoxo? Und wieso bist du hier und nicht bei den Gefangenen, Plonk?“

„Xoxo hat gegrunzt …“

„Habt ihr nicht zugehört?“, unterbricht Xoxo. „Die Gefangenen haben sich vom Opferfelsen in die Tiefe gestürzt!“

„Was? Das … das ist … Frevel!“

Vielstimmiges Gegrunze ist zu hören, dann das Trampeln etlicher Füße, als die Zombie-Pigmen den Hang hinauf und zum Opferfelsen stürmen.

„Jetzt!“, sagt Primo leise und balanciert den Grat entlang, während die Zombie-Pigmen nur zwei Blöcke über ihm aufgeregt durcheinanderrufen.

„Xoxo hat recht! Die Gefangenen sind nicht mehr da!“

„Wie können sie es wagen, sich ohne Erlaubnis in den Tod zu stürzen?“

„Verrat!“

„Frevel!“

„Frechheit!“

Als Primo die Felskante umrundet, erlebt er eine böse Überraschung. Zwar sind die meisten Zombie-Pigmen zum Opferfelsen gerannt, aber zwei sind auf dem Plateau zurückgeblieben und stehen nun zwischen den Fliehenden und dem schmalen Felsgrat, der der einzige Fluchtweg ist. Noch haben sie Primo und Dau nicht bemerkt.

Primo schleicht sich von hinten an und macht Dau ein Zeichen, die beiden rechts zu umrunden. Zum Glück versteht der Zombie-Pigman die Anweisung und befolgt sie ohne einen Laut.

„Jetzt!“, ruft Primo. „Lauf, Dau!“ Er hält das Heilige Ei in die Höhe.

Überrascht drehen sich die beiden Zombie-Pigmen

zu Primo um, während Dau in Richtung des Felsgrats rennt.

„Alarm!", brüllt einer der Zombie-Pigmen. „Die Gefangenen fliehen! Und sie haben das Heilige Ei gestohlen!"

Von oben ertönt ein Wutschrei. „Wir wurden überlistet! Hinterher! Alle!"

Die beiden Zombie-Pigmen stürmen mit gezückten Schwertern auf Primo zu, während sie Dau ignorieren.

Darauf hat Primo gewartet. „Dau, Achtung!", ruft er und wirft das Ei über die Köpfe der Angreifer hinweg zu seinem Begleiter. Dieser fängt es geschickt auf und rennt damit über den schmalen Felsgrat.

Wie Primo es gehofft hat, drehen sich die beiden Zombie-Pigmen um und verfolgen nun Dau, der bereits das andere Ende des Felsgrats erreicht hat. Primo folgt ihnen, während hinter ihm das wilde Geschrei einer wütenden Zombie-Pigmen-Horde erklingt.

Vor Dau liegt nun der tückische Seelensand, doch er ist schlau genug, ihn nicht zu betreten. Stattdessen springt er über einen brennenden Stein und jagt rechts den steilen Hang hinab. Seine beiden Verfolger sind ihm dicht auf den Fersen.

Primo wirft über die Schulter einen Blick zurück. Die übrigen Zombie-Pigmen stürmen über das Plateau, angeführt von Hohepriester Oloy, dessen ohnehin schon hässliches Gesicht zu einer Grimasse der Wut verzerrt ist.

„Ergreift sie!“, brüllt er. „Ergreift die Diebe!“

Als er den Felsgrat erreicht, entsteht ein Stau, denn immer nur ein Zombie-Pigman kann ihn betreten. Dies verlangsamt seine Verfolger, und so kann Primo etwas Abstand gewinnen. Doch immer noch sind vor ihm zwei wütende Zombie-Pigmen. Alles kommt jetzt darauf an, dass Dau schneller ist als die beiden.

Zum Glück erweist sich Primos Zombie-Pigman-Freund als sehr flink. Doch das hat für Primo eine unangenehme Folge: Als die beiden Zombie-Pigmen einsehen, dass sie Dau nicht mehr einholen können, drehen sie sich um und kommen mit gezückten Schwertern auf den Dorfbewohner zu.

„Du Verräter!“, grunzt einer der beiden. „Dafür wirst du sterben!“

„Achtung!“, ruft Primo. „Ein Ghast! Hinter euch!“

„Du hältst uns wohl für dumm, Fremder! Glaubst du wirklich, wir fallen auf einen so plumpen Trick herein?“

Im nächsten Moment ertönt von hoch oben ein schauriges Jammern, und schon braust ein Feuerball heran. Er trifft die beiden Zombie-Pigmen, die von der Explosion zur Seite geschleudert werden, sich jedoch rasch wieder aufrappeln, offenbar nur leicht verletzt.

„Danke!“, ruft Primo dem Ghast zu und stürmt los.

Diesmal versucht er nicht, die Feuerbälle abzuwehren, sondern rennt, so schnell er kann. Ein paar Mal schlägt eins der Geschosse dicht hinter ihm ein und setzt den Felsen in Brand, doch Primo bleibt unverletzt. Irgendwann gibt der Ghast die Verfolgung auf. Als Primo sich umsieht, liegt eine beachtliche Distanz zwischen ihm und dem verfolgenden Clan der Feuertänzer, die durch den Angriff des Ghasts auseinandergesprengt wurden und nun wie aufgescheuchte Hühner durcheinanderlaufen.

Primo ist es nur recht so. Er läuft weiter, während die heiße Luft in seinen Lungen brennt wie Feuer. Schließlich holt er Dau ein, der nicht weit entfernt auf ihn wartet.

„Gut gemacht, Dau!“, sagt Primo. „Ich hab ja gewusst, dass du nicht dumm bist.“

„Dau!“

Primo nimmt das Heilige Ei wieder an sich. Gemeinsam machen sie sich auf den Rückweg zum Clan der Lavaspringer.

9. KAPITEL

Die Schlacht um das Ei

„Sie sind zurück!“, ruft einer der Zombie-Pigmen von oben, als Dau und Primo den Fuß des Hangs erreichen, in dem die Clanhöhle der Lavaspringer liegt. Aufgeregt klettern die Zombie-Pigmen zu ihnen herab. Als Primo das Heilige Ei hochhält, bricht Jubel aus.

„Du hast deine Aufgabe erfüllt, Fremder!“, sagt Hohepriester Yolo feierlich, nachdem Primo ihm das Ei gegeben hat. „Jetzt sind wir unbesiegbar und können unsere Feinde, die Feuertänzer, zerschmettern!“

„Dau!“, ruft Primos Führer aus. Es klingt nicht sehr erfreut.

„Ich glaube, was Dau sagen will, ist, dass jetzt Schluss sein muss mit dem Streit um das Heilige Ei!“, sagt Primo. „Du hast bekommen, was du wolltest. Nun lass meinen Freund frei und vertrage dich mit dem Clan der Feuertänzer!“

„Wie grunzt du mit mir?“, fragt Yolo, und sein Tonfall ist jetzt überhaupt nicht mehr feierlich. „Du hast deine Aufgabe erfüllt, aber das gibt dir noch lange nicht das Recht, mir Befehle zu erteilen! Wann ihr freigelassen werdet, grunze ich und niemand sonst!“

„Was soll das heißen?“, ruft Primo empört. „Du hast gegru…, ich meine, gesagt, dass du Kolle freilässt, wenn ich das vermaledeite Ei herbringe!“

„Das werde ich auch tun. Hohepriester Yolo hält sein Grunzen. Aber erst müsst ihr uns noch helfen, die Feuertänzer endgültig zu besiegen!“

„Vergiss es! Wir haben mit eurem idiotischen Streit nichts zu tun! Lass Kolle auf der Stelle frei!“

„Erst, wenn der Clan der Feuertänzer besiegt ist! Sie müssen dafür bestraft werden, dass sie uns das Heilige Ei gestohlen haben! Und du und dein Freund werdet uns dabei helfen. Ihr kämpft mit uns gegen die Feuertänzer. Wenn sie besiegt sind, dürft ihr gehen.“

„Das ist doch wohl wirklich … eine Schweinerei!“, empört sich Primo. Doch es nützt ihm nichts.

„Holt den anderen Fremden herbei. Wir ziehen in den Krieg!“, ruft Yolo. „Mit dem Heiligen Ei sind wir unbesiegbar!“

Kurz darauf wird Kolle hergebracht, umringt von einem Dutzend Zombie-Pigmen mit gezückten Schwertern. Als er seinen Freund sieht, reißt er sich von seinen Bewachern los und umarmt ihn stürmisch.

„Primo! Du hast es tatsächlich geschafft! Ich dachte schon, ich sehe dich nie wieder.“

„Noch ist es nicht vorbei“, sagt Primo düster. „Schweinebacke will, dass wir gegen den anderen Zombie-Pigmen-Clan kämpfen. Erst dann dürfen wir gehen.“

„Das ist unfair!“, schimpft Kolle.

„Ja, ich weiß.“

Kolle blickt sich um. „Vielleicht, wenn wir einen Überraschungsangriff …“

„Nein“, widerspricht Primo. „Ich habe eine Idee …“ Er beugt sich vor und flüstert Kolle ins Ohr.

„Und du meinst, das klappt?“, fragt Kolle skeptisch.

„Wir müssen es versuchen“, antwortet Primo. „Sonst wird es niemals Frieden zwischen den Clans geben.“

„Aber …“

„Was grunzt ihr da herum?“, will Yolo wissen.

„Nichts“, behauptet Primo. „Wir haben nur unsere Kampftaktik abgestimmt.“

„Aha. Und wie lautet die?“

„Wir stürmen los und hauen die Feinde in Stücke!“

„Das ist ein guter Plan, Fremder. Also los! Folgt mir!“

Die Zombie-Pigmen machen sich grunzend auf den Weg zur Höhle ihrer Feinde. Doch als sie den bogenartigen Durchgang erreichen, erleben sie eine Überraschung: Auf der ebenen Fläche dahinter treffen sie unvermittelt auf den Clan der Feuertänzer.

„Da sind sie ja, die Feinde!“, brüllt einer der Lavaspringer.

„Sie haben das Heilige Ei!“, schreit einer der Feuertänzer.

Oloy, der Hohepriester der Feuertänzer, tritt vor. „Gebt sofort das Heilige Ei heraus, das ihr uns gestohlen habt, oder es wird euch schlecht ergehen!“

„Pah!“, ruft Yolo und hält das Streitobjekt triumphierend in die Luft. „Du hast hier überhaupt nichts zu grunzen, Oloy! Das Ei gehört uns!“

„Na schön!“, brüllt Oloy. „Du hast es nicht anders gewollt! Zum Angriff!“

Mit lautem Gegrunze stürmen Feuertänzer und Lavaspringer aufeinander los.

„Jetzt!“, ruft Primo. Kolle stürzt sich auf den Hohepriester der Lavaspringer und entreißt ihm mit seiner überlegenen Nachtwandlerkraft das Ei.

„Das Heilige Ei!“, brüllt Yolo. „Der Fremde hat es mir weggenommen! Ergreift ihn!“

Primo rennt in Richtung des steilen Hangs, der zum Lavameer hin abfällt. „Wirf es zu mir, Kolle!“

Sein Freund schleudert das Ei über die Köpfe der Zombie-Pigmen hinweg zu Primo. Als dieser es auffangen will, wird er von der Wucht des Aufpralls zu Boden gerissen, doch er rappelt sich schnell wieder auf.

„Halt!“, brüllt er, als die beiden Zombie-Pigmen-Clans mit wütendem Gebrüll auf ihn zustürmen. Er hält das Ei hoch. „Noch einen Schritt weiter, und ich werfe das Ei in die Lava!“

„Haltet ein!“, rufen die beiden Hohepriester gleichzeitig. „Dem Heiligen Ei darf nichts geschehen!“

Kolle schiebt sich an den Kriegern vorbei und stellt sich schützend vor Primo, während dieser auf einen Block klettert und das Ei hochhält.

„Hört mich an!", ruft er. „Der Feuergott hat uns zu euch gesandt, um den Streit um das Heilige Ei zu schlichten. Er hat uns die Kraft und Klugheit gegeben, um es den Feuertänzern zu stehlen. Aber nicht, um es den Lavaspringern zu geben."

„Warum denn dann?", fragt einer der Zombie-Pigmen verwirrt.

„Dieses Ei ist kein Objekt des Streits", ruft Primo. „Es ist ein Symbol der Freundschaft! Es soll euch allen Einigkeit bringen statt Zwietracht, Freiheit statt Unterdrückung, Frieden statt Krieg!"

„Aber das Ei gehört uns!", ruft Oloy.

„Nein, es gehört uns!", widerspricht Yolo.

Sofort erhebt sich lautes Gegrunze, als beide Clans ihre Besitzansprüche anmelden.

„Es gehört niemandem außer dem Feuergott!", brüllt Primo. „Und wenn ihr nicht augenblicklich aufhört zu zanken, werde ich eine ganze Armee von Ghasts herbeirufen, die euch mit ihren Feuerbällen vernichten werden!"

Die Feuertänzer wurden von einem Ghast angegriffen, als sie Primo verfolgten. Die Lavaspringer haben sogar gesehen, wie er einen Ghast getötet hat. Daher nehmen beide Clans die Drohung ernst.

„Aber das Heilige Ei macht unbesiegbar!", ruft

Yolo. „Gib es mir, und du und dein Freund können gehen."

„Nein, gib es mir, Fremder!", widerspricht Oloy. „Dann könnt ihr gehen, und ich schenke euch außerdem noch eine Schale leckere Pilzsuppe!"

„Zwei Schalen Pilzsuppe!", kontert Yolo.

„Drei Schalen!", setzt Oloy eins drauf.

„Dieses Ei macht keineswegs unbesiegbar!", widerspricht Primo. „Sonst hätte mein Freund es Yolo nicht wegnehmen können, oder?"

Verwirrt blicken die Zombie-Pigmen einander an.

„Er hat Zauberkräfte", erklärt Yolo. „Nur deshalb konnte er es mir entreißen."

„Das stimmt. Nur mit seinen Zauberkräften konnte der andere uns das Ei stehlen!", bestätigt Oloy.

„Ich werde es euch beweisen", sagt Primo. „Kolle, halt mal kurz das Ei! Wenn einer von ihnen versucht, es wegzunehmen, wirfst du es in die Tiefe."

„Was hast du vor?", fragt Kolle.

„Diese aggressiven Kerle wollen unbedingt um das Ei kämpfen, also sollen sie das auch. Aber so, dass dabei niemand verletzt wird."

Primo steckt nahe des Hangs eine Fackel in den Boden, dann im Abstand von drei Blöcken eine zweite. Anschließend marschiert er mitten zwischen den verdutzten Zombie-Pigmen hindurch auf die andere Seite der ebenen Fläche und platziert dort ebenfalls zwei Fackeln.

„Hört mir zu!", ruft er. „Wir werden jetzt ein Wettspiel veranstalten. Jeder Clan bestimmt sechs Spieler." Er zeigt auf die Fackeln. „Das dort ist das Ziel der Feuertänzer und hier das der Lavaspringer. Eure Aufgabe ist es, das Ei in das Ziel der anderen Mannschaft zu befördern. Wem das gelingt, dessen Clan ist der Sieger. Er darf das Heilige Ei mitnehmen und so lange behalten, bis er vom anderen Clan zu einem erneuten Wettstreit herausgefordert wird. Der wird dann nach den gleichen Regeln durchgeführt."

„Einverstanden", ruft Yolo. „Aber wir bekommen das Ei zuerst!"

„Niemals!", protestiert Oloy. „Wir beginnen den Kampf mit dem Ei!"

„Keiner bekommt das Ei zu Anfang!", widerspricht Primo. „Ich werde es in die Mitte des Spielfelds werfen. Wer am geschicktesten ist, kann das Ei auffangen und hat einen Vorteil. Ach ja, eins habe ich noch vergessen: Der Kampf wird ohne Waffen ausgetragen!"

„Ohne Waffen? Aber wie sollen wir denn dann den Gegner besiegen?", fragt Oloy.

„Mit Geschicklichkeit und Ausdauer", antwortet Primo. „Also, entweder ihr akzeptiert diese Regeln, oder das Ei wird zerstört. Seid ihr einverstanden?"

„Na gut", stimmt Yolo zu. „Der Clan der Lavaspringer wird den Schwächlingen von den Feuertänzern schon zeigen, dass wir geschickter und ausdauernder sind!"

„Pah!“, meint Oloy. „Das werden wir ja sehen!“

„Gut. Also bestimmt eure sechs Spieler. Alle anderen runter vom Spielfeld. Ihr könnt euch auf die Blöcke an den Seiten stellen und eure Kämpfer von dort aus anfeuern.“

Es dauert eine Weile, bis beide Seiten ihre Mannschaften aufgestellt haben. Jeder will seinen Clan gern bei diesem Wettkampf vertreten und das Heilige Ei erringen. Schließlich jedoch einigt man sich. Für die Lavaspringer spielen Snafu und Fubar, außerdem vier weitere Zombie-Pigmen, deren Namen Primo nicht kennt. Auf der Seite der Feuertänzer steht Plonk mit auf dem Feld.

„Möge der bessere Clan gewinnen!“, ruft Primo den Zombie-Pigmen zu und wirft das Ei in die Mitte des Spielfelds.

Wildes Gejohle brandet auf, als beide Clans ihre Kämpfer anfeuern: „Ei ins Ziel! Ei ins Ziel! Lavaspringer gewinnen das Spiel!“ und „Eins! Zwei! Drei! Die Feuertänzer hol'n das Ei!“

Die Kämpfer stürzen sich alle gleichzeitig auf das Ei, sodass sich ein Haufen aus zwölf ineinander verkeilten Zombie-Pigmen bildet. Eine Weile rangeln die Kämpfer herum, doch das Ei bewegt sich nicht von der Stelle. Primo hatte sich den Kampf irgendwie dynamischer vorgestellt. Auch die Zuschauer beginnen zu murren.

„Was soll denn das?“

„Da hält einer von den Feuertänzern einen von unseren fest! Das darf der doch nicht, oder?"

„Faul! Die Spieler sind einfach zu faul!"

„Wer hat denn jetzt das Ei? Wir oder die?"

„Na wir!"

„Quatsch, wir!"

Die Stimmung wird immer gereizter. Einige der Zuschauer rennen auf das Feld und versuchen, ihre Mannschaft zu unterstützen, was jedoch nur dazu führt, dass das Knäuel in der Mitte noch größer wird. Primo überlegt fieberhaft, was er tun kann. Sein Blick fällt zufällig auf einen Zombie-Pigman, der am Rand des Kampffelds steht und frustriert mit dem Fuß einen Pilz zur Seite kickt. Das bringt ihn auf eine Idee.

„Halt!", ruft er. „Auseinander! So geht das nicht! Ich habe vergessen, eine wichtige Regel zu erwähnen. Das Ei darf nicht mit den Händen oder Armen berührt werden. Wer das macht, muss sofort das Kampffeld verlassen." Nach kurzem Nachdenken ergänzt er: „Bis auf einen Spieler, der zwischen den beiden Fackeln steht, das ist der Wächter. Er darf als Einziger aus seiner Mannschaft das Ei in die Hand nehmen und wegwerfen, aber nicht ins gegnerische Ziel. Also los, auseinander! Wir fangen noch einmal von vorn an."

Es dauert eine ganze Weile, aber schließlich gelingt es Primo und Kolle mit vereinten Kräften, das Knäuel zu entwirren. Die beiden Mannschaften stellen sich wieder gegenüber auf, und Primo wirft das Ei noch einmal aufs Feld.

Zu Anfang treten die Zombie-Pigmen eher zaghaft nach dem Ei, vielleicht aus Angst, es zu beschädigen. Doch als Plonk es mit einem kräftigen Tritt mehrere Blöcke in Richtung des Ziels der Lavaspringer befördert, gewinnt das Spiel an Leidenschaft. Fubar, der das Ziel bewacht, kickt es auf die andere Hälfte des Spielfelds, und der Kampf nimmt seinen Lauf.

Beide Mannschaften treten das Ei hin und her, aber keiner gelingt es auf Anhieb, es zwischen die Fackeln auf der gegnerischen Seite zu befördern. Primo überlegt schon, ob er die Regeln ein weiteres Mal ändern muss, als ein Spieler vom Clan der Feuertänzer das Ei mit einem gewaltigen Tritt im hohen Bogen auf die andere Seite kickt. Ob Snafu absichtlich versucht, das Ei abzufangen, oder ob er eher zufällig in der Flugbahn steht, ist nicht ganz klar. Jedenfalls trifft ihn das schwere Ei am Kopf. Er stürzt zu Boden und bleibt reglos liegen. Bestürzt schreien die Lavaspringer auf, während die Feuertänzer jubeln.

„Halt!", ruft Primo und wünscht sich, er hätte irgendetwas, um sich über das Johlen der Menge bemerkbar zu machen. Am besten etwas, das einen schrillen, spitzen Ton erzeugt. „Haltet das Ei fest!", ruft er, doch niemand hört ihn.

„HALT!", donnert Kolle mit seiner Nachtwandlerstimme. Das bringt die Kämpfer dazu, sich nach Primo umzudrehen. Imho und Rofl tragen den bewusstlosen Snafu vom Feld.

„Snafu wurde verletzt!", ruft Yolo aufgebracht. „Das ist gegen die Regeln!"

„Ist es nicht!", widerspricht Oloy. „Außerdem ist es seine eigene Dummheit, wenn er seinen Kopf für seine Mannschaft hinhält."

„Aber er kann nicht weiterkämpfen, wenn er verletzt ist!"

„Das ist euer Problem!"

Yolo wendet sich hilfesuchend an Primo. „Grunz du doch auch mal was! Schließlich hast du die Regeln für diesen Kampf gegrunzt!"

„Also gut", sagt Primo. „Jede Mannschaft darf einen Kämpfer, der verletzt ist, durch einen anderen Kämpfer ersetzen. Aber es dürfen nie mehr als sechs von jeder Mannschaft auf dem Spielfeld sein."

Die Feuertänzer murren, stimmen jedoch schließlich zu. Wahrscheinlich ist ihnen bewusst, dass als Nächstes einer ihrer eigenen Spieler verletzt werden könnte.

„Wer will für Snafu einspringen?", fragt Yolo. Den Zuschauern vom Clan der Lavaspringer scheint jedoch die Lust am Mitspielen vergangen zu sein, nachdem sie gesehen haben, wie Snafu von dem schweren Ei getroffen wurde. Nur einer meldet sich freiwillig.

„Du, Dau?“, fragt Yolo. „Aber du bist doch kein Kämpfer!“

„Da wäre ich mir nicht so sicher“, meint Primo, der sich daran erinnert, wie geschickt Dau das Ei aufgefangen hat, als sie die Wächter der Feuertänzer überlisteten, und wie schnell er laufen konnte.

„Nun gut, so sei es!“, entscheidet Yolo.

Dau läuft auf das Feld, und das Spiel wird fortgesetzt. Primo wirft das Ei erneut ein. Der frisch eingewechselte Spieler der Lavaspringer erweist sich als außerordentlich geschickt. Er schnappt einem angreifenden Feuertänzer das Ei weg und schlängelt sich damit zwischen den Gegnern hindurch, als sei es an seinem Bein festgewachsen. Schon rennt er auf das gegnerische Ziel zu. Nur noch der Wächter steht zwischen ihm und dem Sieg.

Dau täuscht einen Schuss nach links an. Der Zielwächter der Feuertänzer wirft sich auf die Seite, um das Ei abzufangen, doch Dau lupft es einfach über ihn hinweg zwischen die Fackeln.

Die Lavaspringer brechen in Jubel aus. „Ziel!“, brüllen sie. „Ziiiiel! Dau hat das Ei ins Ziel geschossen! Es lebe Dau!“

Dau hüpft im Kreis um die Fackeln herum, reißt die Arme in die Höhe und ruft immer wieder: „Dau! Dau!“

Die Feuertänzer allerdings sind nicht begeistert vom Ausgang des Spiels.

„Das zählt nicht!“, ruft einer der Zuschauer. „Er hat geschummelt!“

„Er hätte gar nicht mitspielen dürfen!“

„Abseits! Das war ganz klar Abseits!“

„Was bitte ist denn Abseits?“

„Das ist kompliziert zu erklären. Jedenfalls zählt es nicht!“

„Das denkst du dir doch bloß aus, Schiri!“

„Gar nicht wahr!“

Die aufgebrachten Zuschauer stürmen auf das Spielfeld und streiten lautstark miteinander.

„Wir haben gewonnen!“

„Habt ihr nicht!“

„Haben wir doch! Das Ei gehört uns!“

„Niemals! Das war unfair!“

Schon ziehen einige Zombie-Pigmen ihre Schwerter. Primo versucht, sich über das Geschrei Gehör zu verschaffen, doch vergeblich.

„Deine Idee war ja nicht schlecht, aber ich glaube, die Zombie-Pigmen sind noch nicht bereit dafür“, meint Kolle.

Primo seufzt. „Du hast wohl recht. Mir tut es nur leid, dass die beiden Clans jetzt für immer verfeindet sind. Sie waren Freunde, bevor sie dieses blöde Ei gefunden haben.“

„Daran können wir nichts ändern. Komm, wir verdrücken uns, solange sie noch miteinander beschäftigt sind!“

10. KAPITEL

Tor!

Auf dem Spielfeld ist inzwischen eine richtige Schlacht ausgebrochen. Zombie-Pigmen gehen mit Schwertern aufeinander los. Niemand beachtet die beiden Fremden, die sich in Richtung der Treppe, die zurück zum Netherportal führt, davonmachen. Niemand außer einem Zombie-Pigman vom Clan der Lavaspringer, der etwas abseits steht und fassungslos das Schlachtgetümmel betrachtet.

„Dau!", ruft er und gibt dem Ei, das immer noch im Ziel der Feuertänzer liegt, einen kräftigen Tritt. Es fliegt in hohem Bogen zu Kolle, der es auffängt.

„Ich glaube, er will, dass wir es von hier wegbringen!", sagt Primo.

„Das Ei!", brüllt Yolo. „Die Fremden haben das Ei! Hinterher!"

Die Zombie-Pigmen hören auf zu kämpfen und stürmen auf Primo und Kolle zu.

„Lauf, Kolle!", ruft Primo und rennt los. „Lauf, so schnell du kannst!"

„Was soll ich mit dem verdammten Ei machen?", fragt Kolle atemlos.

„Wir nehmen es mit“, antwortet Primo. „Das sind wir Dau schuldig.“

Sie erreichen das Loch im Boden, durch das sie in diese Höhle gelangt sind, und hasten die Treppe hinab. Die grunzenden und brüllenden Zombie-Pigmen sind ihnen dicht auf den Fersen. Als sie den Fuß der mehrfach gewundenen Treppe erreichen, gelangen sie in eine Höhle mit mehreren Lavateichen. Primo hat für den Moment die Orientierung verloren. Wie ging es hier weiter?

„Beeil dich!“, ruft Kolle. „Sie sind dicht hinter mir!“

Da entdeckt Primo in der Nähe ein Loch im Boden. Dies muss die zweite Treppe sein. Er rennt los und springt hinein, dicht gefolgt von Kolle, während er hinter sich das Grunzen der verfolgenden Zombie-Pigmen hört. Am Fuß der Treppe durchqueren sie einen kreuzenden Tunnel und hasten durch die Öffnung auf der anderen Seite. Bald erreichen sie die kleine Höhle mit den Leuchtsteinen. Das rhythmische Brummen des Netherportals ist bereits zu hören. Sie sind ihrem Ziel ganz nah!

Primo rennt weiter den Weg entlang. Das Gebrüll ihrer Verfolger und die Aussicht auf Rettung geben ihm Kraft. Hinter ihm erklingt ein klirrendes Geräusch, doch er wagt es nicht, sich danach umzudrehen. Endlich erreicht er die gebogene Höhle, in der sie den Nether zum ersten Mal betreten haben.

Primo rennt nach links, biegt um die letzte Ecke – und bleibt abrupt stehen. Vor dem violett glühenden Portal hat sich eine Gruppe von wütenden Zombie-Pigmen postiert. Wo kommen die auf einmal her? Sein Blick fällt auf die Leuchtsteine links. Einige davon scheinen die Verfolger mit ihren Schwertern zerschlagen zu haben, sodass sie Primo und Kolle den Weg abschneiden konnten.

„Au weia!", meint Kolle.

Im Nu sind sie von Zombie-Pigmen umringt.

„Her mit dem Ei!", fordert Yolo.

„Nichts da! Es gehört uns!", widerspricht Oloy.

Primo nimmt all seinen Mut zusammen. „Versucht doch, es mir wegzunehmen!", ruft er. „Aber denkt dran: Das ist das Heilige Ei! Es macht mich unbesiegbar!"

„Unsinn!", sagt Yolo. „Wenn es unbesiegbar machen würde, dann hätte Dau das Ei nicht einem der Feuertänzer wegnehmen und ins Ziel schießen können! Das Ei hat überhaupt keine magischen Kräfte! Also her damit!"

„Aber … nur mithilfe des Heiligen Eis konnte Plonk die Übermacht der Lavaspringer überwinden, die ihm das Ei wegnehmen wollten, als er es gemeinsam mit Fubar fand!", widerspricht Oloy.

„Übermacht? Welche Übermacht?", ruft Fubar. „Ich war ganz allein! Plonk war es, der Verstärkung herbeigegrunzt hat!"

„Hab ich überhaupt nicht!“, widerspricht Plonk. „Ich war auch ganz allein!“

„Ihr gebt also zu, dass ihr beide gelogen habt!“, stellt Primo fest. „Das Ei hat keinem von euch magische Kräfte verliehen!“

„Stimmt das etwa, Fubar?“, fragt Yolo streng.

„Grunzt er die Wahrheit, Plonk?“, will Hohepriester Oloy wissen.

Die beiden Zombie-Pigmen blicken beschämt zu Boden. „Ja“, sagen sie gleichzeitig.

„Seht ihr jetzt endlich ein, dass der Streit um das Heilige Ei vollkommen sinnlos ist?“, fragt Primo.

„Du grunzt weise!“, stimmt Yolo zu. „Wir haben uns dumm verhalten.“

„Wir haben wegen eines nutzlosen Dings unsere Freunde angegriffen“, gibt Oloy zu.

„Dann umarmt euch jetzt zum Zeichen, dass wieder Frieden zwischen euren Clans herrscht!“, sagt Primo.

Die beiden Hohepriester verbeugen sich voreinander, dann umarmen sie sich. Jubel brandet auf, und auch die Zombie-Pigmen beider Clans fallen einander in die Arme.

„Der Clan der Lavaspringer entschuldigt sich offiziell beim Clan der Feuertänzer“, sagt Yolo feierlich. „Als Wiedergutmachung und Zeichen unserer Freundschaft bitte ich dich, Fremder, Oloy das Ei zu geben.“

„Aber nein!", widerspricht Oloy. „Das Ei gehört den Lavaspringern! Ihr habt es euch mehr als verdient. Immerhin habt ihr das Spiel gewonnen."

„Nicht doch! Ich könnte es nicht ertragen, das Ei unrechtmäßig in unserer Höhle zu behalten. Plonk hat es als Erster gefunden. Es gehört euch!"

„Aber absolut nicht! Das Ei gehört niemandem außer dem Feuergott, das hat der Fremde doch gesagt! Auf keinen Fall werden wir es mit in unsere Höhle nehmen!"

„Also lehnst du unser Zeichen der Versöhnung und Freundschaft ab, Oloy?"

„Welches Zeichen der Versöhnung und Freundschaft? In Wirklichkeit willst du doch bloß dieses nutzlose Ding loswerden!"

„Du nennst unser Heiliges Ei ein nutzloses Ding? Der Clan der Lavaspringer ist noch nie so beleidigt worden! Das bedeutet Krieg, so wahr ich hier grunze!"

Die Zombie-Pigmen, die sich eben noch umarmt hatten, ziehen ihre Schwerter und grunzen sich drohend an.

„Es ist hoffnungslos!", meint Kolle. „Die werden wohl niemals in Frieden miteinander leben können."

Hohepriester Yolo hebt den Arm. „Zum Angr…", will er rufen, wird jedoch von einem wütenden „DAU!" unterbrochen.

Alle schauen auf den Zombie-Pigman, der sich vor

Kolle und Primo stellt, genau zwischen die beiden Clans.

„Dau!“, ruft er und fuchtelt aufgeregt mit den Armen. „Dau! Dau, Dau!“ Er zeigt auf die beiden Hohepriester, dann tippt er sich an den Kopf. „Dau!“ Schließlich zeigt er auf das Ei und wendet sich an Primo. „Dau?“

Primo reicht es ihm. „Ich weiß zwar nicht, was du damit willst, aber du kannst es gern haben.“

Dau nimmt das Ei und legt es auf den Boden der Höhle, zehn, vielleicht auch elf Blöcke vom Netherportal entfernt. Er macht ein paar Schritte zurück, nimmt Anlauf und tritt mit voller Wucht gegen das Ei, das in einem eleganten Bogen in die rechte obere Ecke der leuchtenden Fläche fliegt und mit einem violetten Aufblitzen verschwindet.

„Dau!“, ruft er stolz.

Einen Augenblick herrscht Stille. Dann bricht Jubel aus. „Er hat das Ei ins Tor geschossen!“, ruft einer der Zombie-Pigmen. „Ins Tor!“

Die anderen nehmen den Ruf auf: „Toor! Toor!“

Yolo und Oloy sehen sich an.

„Dein Clanmitglied hat das Ei in die Oberwelt geschossen!“, sagt Oloy vorwurfsvoll. „Jetzt ist es für immer weg!“

„Du hast recht“, bestätigt Yolo. „Es scheint, dass ausgerechnet Dau der einzig Vernünftige von uns ist.“

„Dau!“, stimmt Dau zu.

Oloy blickt seinen Kontrahenten einen Moment lang grimmig an. Dann grinst er. „Du grunzt die Wahrheit, Yolo!“

Erneut umarmen sich die beiden Hohepriester, was von den anderen Zombie-Pigmen mit Jubel quittiert wird.

„Dürfen wir jetzt nach Hause gehen?“, fragt Primo.

„Natürlich“, sagt Yolo. „Der Clan der Lavaspringer dankt euch. Ihr habt uns und den Feuertänzern Frieden geschenkt. Dafür schenke ich euch die Freiheit!“

„Sehr großzügig“, meint Kolle.

„Auch wir Feuertänzer danken euch und schenken euch die Freiheit“, sagt Oloy. „Und außerdem eine Schüssel Pilzsuppe!“

„He, Moment!“, sagt Yolo. „Das hab ich ganz vergessen: Von den Lavaspringern bekommt ihr zwei Schüsseln Pilzsuppe!“

„Ha!“, ruft Oloy empört. „Drei! Wir geben euch drei Schüsseln!“

„Und wir eine mehr!“, schreit Yolo. „Was immer die Feuertänzer euch grunzen, wir legen noch eine Schüssel drauf!“

„ICH HASSE PILZSUPPE!“, brüllt Kolle.

Alle starren ihn betreten an.

„Komm, wir gehen!“, sagt er zu Primo. Gemeinsam wenden die beiden Freunde sich dem Portal zu.

„Dau!"

Primo dreht sich noch einmal um. Hinter ihm stehen Dau und der Zombie-Pigman, der ihn vom Opferfelsen der Feuertänzer gerettet hat.

„Wir danken euch, Fremde!", sagt Xoxo. „Ihr habt meine Freundschaft mit Dau wiederhergestellt. Das werde ich euch nie vergessen. Vielleicht kommt ihr uns bald mal wieder besuchen!"

„Ich weiß nicht so recht ...", sagt Primo. „Auf jeden Fall vielen Dank für eure Hilfe! Ohne euch beide wären wir wohl für immer im Nether gefangen gewesen."

Kolle und er umarmen die beiden Zombie-Pigmen. Dann treten sie gemeinsam in das pulsierende violette Licht.

11. KAPITEL

Golinas Beichte

Nachdem er aus dem Netherportal getreten ist, blickt sich Primo verblüfft um. Statt in der unterirdischen Schlucht, in der sie das Portal fanden, befinden sie sich auf einer Wiese, die von senkrechten Felswänden umgeben ist. Hoch oben kann er blauen Himmel erkennen. Rechts führt eine bogenförmige Öffnung in der Felswand zu einem schneebedeckten Hang. Es ist schrecklich kalt.

„Wo sind wir?“, fragt Kolle.

„Keine Ahnung. Ich dachte, wir kommen an derselben Stelle raus, von der aus wir den Nether betreten haben.“

„Seltsam“, meint Kolle.

„Da liegt ja das Heilige Ei!“, sagt Primo und hebt es vom Fuß der Felswand auf.

„Was willst du damit machen? Willst du es etwa mitschleppen?“

„Warum nicht? Das ist doch ein schönes Andenken an unser Abenteuer!“

„Ich weiß nicht. Das Ei hat den Zombie-Pigmen kein Glück gebracht. Vielleicht sollten wir es hierlassen.“

„Ach was, wegwerfen können wir es immer noch. Vielleicht kann Willert uns sagen, was das für ein Ei ist."

„Na, wenn du unbedingt willst. Jetzt müssen wir bloß noch rausfinden, wie wir von hier aus nach Hause kommen. Nach allem, was wir wissen, könnten wir viele Tagesmärsche vom Dorf entfernt sein. Ach, ich hoffe, es dauert nicht so lange. Ich kann es nicht erwarten, Margi wieder in die Arme zu nehmen."

Die Erleichterung, die Primo eben noch empfunden hat, weil sie es geschafft haben, aus dem Nether zu entkommen, ist plötzlich wie weggeblasen. Sie haben schreckliche Gefahren überstanden, aber Golina ist immer noch verschwunden. Das eigentliche Ziel ihrer Reise haben sie nicht erreicht.

„Was ist los mit dir?", fragt Kolle. „Du wirkst auf einmal so betrübt."

Primo seufzt. „Es war alles umsonst", sagt er. „All die Gefahren, die wir auf uns genommen haben, für nichts und wieder nichts."

„Wer weiß", sagt Kolle. „Vielleicht ist Golina inzwischen längst wieder zu Hause."

„Aber wie soll sie denn ...", beginnt Primo, doch dann kommt ihm ein Gedanke. „Bei Notch, du hast recht! Ich hab die ganze Zeit gedacht, Golina muss noch immer im Nether sein, weil wir ihr ja nicht begegnet sind. Aber was, wenn sie durch das Portal gegangen ist, einen Schreck bekommen hat und sofort wieder umgekehrt ist? Dann wäre sie wahrscheinlich auch hier herausgekommen und nicht am Grund der Schlucht! Vielleicht ist sie sogar noch irgendwo hier in der Nähe! Golina? GOLINA!"

Doch er erhält keine Antwort.

„Lass uns erst mal herausfinden, wo wir eigentlich sind", schlägt Kolle vor.

Durch die Öffnung in der Felswand gelangen sie in eine Senke. Primo klettert den Hang links herauf und erblickt ein weitläufiges Felsplateau. In der Ferne erstreckt sich ein lichter Wald, dahinter ragen Berge auf. Die Gegend kommt ihm völlig unbekannt vor.

„He, Primo, komm her und sieh dir das an!", ruft Kolle, der den Hang auf der anderen Seite der Senke heraufgeklettert ist.

Primo eilt zu ihm. Sein Herz hüpft vor Freude, als er die grasbewachsene Ebene sieht, die sich am Fuß eines steilen Hangs unter ihnen erstreckt.

„Der Lavateich!", ruft er aus. „Der Ostfluss! Das ist die östliche Ebene!" Er glaubt sogar, in der Ferne im Dunst die Umrisse des Dorfs erkennen zu können. Sie sind fast zu Hause!

Rasch klettern die beiden den Hang hinab und rennen über die Ebene. Sie durchqueren den Fluss unweit des Eingangs zur Höhle unter dem Dorf, durch den sie zu ihrem Abenteuer aufgebrochen sind.

Primos Vater, dessen Schmiede auf der Ostseite des

Dorfs liegt, ist der Erste, der die beiden sieht. Er lässt den Schmiedehammer fallen und rennt auf sie zu.

„Primo! Kolle!", brüllt er. „Wie … woher … egal! Ihr seid gesund!" Als er seinen Sohn umarmt, zerquetscht er ihn fast. „Wir haben gedacht, ihr seid tot!"

Nun kommen auch die anderen Dorfbewohner herbeigeeilt: Kolles Vater Nimrod, der Bibliothekar, und seine Frau Delfina, Olum, der Fischer, die Bauern Bendo und Kaus, Hakun, der Fleischer, und natürlich Magolus und Birta.

„Wo um Notchs willen seid ihr gewesen?", fragt Kolles Mutter.

„Im Nether", erwidert Kolle.

Alle starren sie mit großen Augen an. Magolus macht in der Luft das Zeichen des heiligen Würfels, wie um einen Fluch abzuwehren.

„Im Nether?", fragt Porgo ungläubig. „Wie um alles in der Welt seid ihr in den Nether gekommen?"

„Wenn sie wirklich im Nether waren, dann sind sie jetzt wahrscheinlich von schrecklichen Dämonen besessen!", ruft Birta aus.

„Ach, halt die Klappe, Birta!", ruft Porgo verärgert.

Kolle blickt sich in der Menge um. „Wo ist Margi?", fragt er.

„Sie ist zu Willert und Ruuna gegangen, um die beiden zu holen", erklärt Porgo. „Sie müsste bald zurück sein. Wir waren dabei, eine Suchexpedition in die Höhle unter dem Dorf vorzubereiten. Wir dachten, ihr habt euch dort unten verirrt."

Primo schluckt. Er traut sich nicht, die Frage zu stellen, die ihm am meisten auf der Seele brennt. Aber es hilft nichts. Er blickt Bendo, den Bauern an. „Golina … sie ist nicht zufällig zurückgekehrt, oder?"

Bendo läuft rot an, als ärgere er sich über irgendetwas. „Zurückgekehrt? Nein!"

Primo blickt enttäuscht zu Boden.

„Sie war gar nicht weg!", sagt Bendo. „Sie hat eine Woche Hausarrest bekommen für den Streich, den sie dir gespielt hat."

Primos Herz macht einen Sprung. „Sie ist hier?"

Bendo nickt. „Nachdem ihr euch gestritten hattet, wollte sie dir eins auswischen. Sie hat sich im Kirchturm versteckt. Aber das kann sie dir selbst erzählen. Komm, ich bringe dich zu ihr."

Der Bauer begleitet ihn zu seinem Haus.

Seine Frau Agia öffnet die Tür. „Primo!", ruft sie aus. „Was für eine Freude, dich gesund wiederzusehen! Komm herein! Da wartet schon jemand auf dich – jemand mit einem sehr schlechten Gewissen."

Golina stößt einen spitzen Schrei aus, der Primo an das Geräusch der Flattermaus erinnert. „Primo!" Sie fällt ihm um den Hals. „Oh, Primo! Notch sei Dank! Ich habe mir solche Vorwürfe gemacht!"

Er nimmt sie in den Arm und will ihr einen Kuss geben, doch sie löst sich von ihm und senkt den Kopf.

„Es tut mir so leid! Du hasst mich jetzt bestimmt. Das kann ich verstehen. Aber ich schwöre dir, dass ich das nicht wollte! Ich wollte dich nur ein bisschen erschrecken, aber niemals in Gefahr bringen!"

„Mich erschrecken? Wie?"

Golina bringt es nicht fertig, ihn anzusehen, während sie erzählt: „Nach unserem albernen Streit war ich ein bisschen wütend auf dich. Ich wollte dir Angst machen. Wenn du denkst, ich bin verschwunden, dann machst du dir Sorgen, hab ich gedacht und fand, das geschähe dir ganz recht. Deshalb hab ich mich im Kirchturm versteckt. Ich habe euch beobachtet, wie ihr überall im Dorf nach mir gesucht habt. Eine Zeit lang hat das Spaß gemacht. Aber dann kam ich mir plötzlich dumm vor. Da hab ich mich geschämt und mich nicht mehr getraut, aus meinem Versteck zu kommen. Erst, als ihr schon lange weg wart, bin ich wieder nach Hause gegangen. Ich habe Margi getroffen, die mir gesagt hat, dass ihr in die Höhle unter dem Dorf gegangen seid, um nach mir zu suchen. Sie war vielleicht sauer auf mich! Ich hab gedacht, gleich explodiert sie wie ein Knallschleicher. Wir wollten euch nachgehen, um euch zu sagen, dass ich in Sicherheit bin, aber ihr wart schon verschwunden, und wir haben uns nicht tiefer in die Höhle getraut. Als ihr dann nicht wiedergekommen seid, hab ich schreckliche Angst bekommen." Sie bricht in Tränen aus. „Ich … ich dachte, ich sehe dich nie wieder. Ich dachte, du bist tot und ich bin daran schuld!"

„Das Gefühl kenne ich", sagt Primo. Er geht zu ihr und nimmt sie in den Arm. „Ist schon gut, ich verzeihe dir!"

Sie blickt ihn mit Tränen in den Augen an. „Ehrlich?"

„Ehrlich", sagt Primo. Dann küssen sie sich, und Primo ist sicher, dass sich all die Strapazen für diesen einen Augenblick gelohnt haben.

„Wo seid ihr denn eigentlich gewesen?", fragt Golina nach einer gefühlten Ewigkeit. „Wart ihr wirklich in der Höhle unter dem Dorf?"

„Ich bin sicher, Primos Vater möchte die Geschichte auch hören", sagt Agia. „Kommt, lasst uns nach draußen auf den Platz vor der Kirche gehen, da kann Primo allen erzählen, was Kolle und er erlebt haben."

Kurz darauf ist das ganze Dorf vor der Kirche versammelt. Auch Margi, Ruuna und Willert sind inzwischen eingetroffen. Alle sehen Primo erwartungsvoll an, dem die Aufmerksamkeit unangenehm ist. Er wirft einen hilfesuchenden Blick zu Kolle, doch der hat nur Augen für Margi.

„Hrmm", räuspert sich Primo. „Also, das war so. Golina und ich hatten uns gestritten, und da dachte ich, sie wäre in den Nether gegangen, damit ich sie daraus rette. Und als ich hörte, dass der Fremde in der Höhle unter dem Dorf war und …"

„Es gibt eine Höhle unter dem Dorf?“, unterbricht Kaus, der Bauer.

„Das weiß doch jeder!“, erwidert Olum, der Fischer.

„Ja, aber es ist besser, wenn man nicht darüber spricht!“, gibt Kaus zurück.

„Ach, und du denkst, wenn man so tut, als gäbe es sie nicht, dann verschwindet sie von selbst?“

„Etwas, das nie einer sieht und über das nie einer redet, das gibt es auch nicht!“, behauptet Kaus.

„Das ist doch wohl der größte ...“, beginnt Olum, wird aber von Porgo unterbrochen.

„Könntet ihr beide eure Diskussion vielleicht später fortsetzen? Mein Sohn möchte gern von seinen Erlebnissen berichten!“

Die beiden wenden ihre Aufmerksamkeit wieder Primo zu, der erzählt, wie sie die riesige Schlucht in der Tiefe entdeckten, das Netherportal fanden und den Zombie-Pigmen begegneten. Gebannt lauschen die Dorfbewohner der Schilderung. Je länger Primo erzählt, desto blasser wird Golina. Als er berichtet, wie er vom Clan der Feuertänzer auf den Opferfelsen gebracht wurde, entfährt ihr ein Aufschrei des Entsetzens.

„Und dieses so genannte Heilige Ei, was ist damit passiert?“, will Magolus wissen, als Primo schließlich erzählt, wie sie das Portal zurück in die Oberwelt erreichten.

„Ich habe es hier bei mir“, sagt Primo. Stolz holt er das Ei hervor und hält es hoch. Ein Raunen geht durch die Dorfbewohner. „Ich habe es als Andenken mitgebracht. Und ich möchte es jemandem schenken, ohne den dieses Abenteuer nicht stattgefunden hätte.“ Er hält es Golina hin. „Hier, für dich!“

Golina starrt das große schwarze Ei an. „Für mich? Äh. … danke!“

„Das kommt überhaupt nicht infrage!“, schaltet sich Magolus ein. „Dieses Ei ist dämonischen Ursprungs. Es muss vernichtet werden!“

„Unsinn!“, widerspricht Primo. „Das Ei ist harmlos. Die Zombie-Pigmen haben es mit den Füßen herumgekickt, und es ist nichts passiert.“

„Darf ich es mal sehen?“, fragt Willert.

Golina reicht es ihm. Sie scheint beinahe erleichtert, das schwarze, unförmige Ding los zu sein. Primo kommen Zweifel, ob es ein geeignetes Geschenk für ein hübsches Mädchen ist.

Der Einsiedler betrachtet es von allen Seiten. „Was meinst du, Ruuna?“

„Hm. Das könnte ein Ei sein“, meint die Hexe. „Aber sicher bin ich mir nicht.“

„Klar ist das ein Ei!“, meint Willert. „Die Frage ist nur, was für eins?“

„Es könnte immerhin auch ein Steingeist sein, der sich als Ei tarnt“, meint Ruuna leicht beleidigt. „Aber wir können es ja aufmachen und nachsehen, was drin ist. Dann erleben wir vielleicht eine schöne Überraschung!"

„Dann wäre das Ei aber kaputt", gibt Willert zu bedenken. „Was denkst du? Welche Tiere legen solche Eier?"

„Hühner", mischt sich Kaus ein. „Die legen Eier!"

„Hast du schon mal ein Huhn gesehen, das groß genug war, um so ein Ei zu legen?", fragt Olum spöttisch.

„Nein. Aber das heißt nicht, dass es keine gibt. Vielleicht ist es das Ei eines Riesenhuhns oder so."

„Und wo soll es leben, dein Riesenhuhn?"

„Das weiß ich doch nicht! Aber das heißt noch lange nicht ..."

„Ein Huhn hat dieses Ei ganz sicher nicht gelegt", unterbricht Willert die beiden. „Ich frage mich, ob die Legende wahr sein könnte."

„Welche Legende?", fragt Primo.

„Die Legende vom Enderdrachen. Angeblich hinterlässt er, wenn man ihn tötet, ein einzelnes schwarzes Ei. Es gibt nur ein einziges davon auf der ganzen Welt."

„Und du glaubst, der Fremde hat den Enderdrachen getötet und dann das Ei mitgenommen?"

„Es wäre möglich. Wenn es stimmt, dann ist es der seltenste und wertvollste Gegenstand der Welt."

Golinas Augen leuchten. „Und ... du hast es mir geschenkt!" Sie strahlt.

„Ich bleibe dabei, das Ei muss vernichtet werden!“, schimpft Magolus. „Es wird nur Unheil über das Dorf bringen!“

„Hört auf den Priester!“, ruft Birta. „Dieses Dämonenei ist schrecklich gefährlich!“

„Ich habe die Nase voll von Priestern und ihrem Aberglauben!“, schaltet sich Kolle ein. „Zwischen den Zombie-Pigmen gab es beinahe einen Krieg wegen dieses blöden Eis. Fangt jetzt nicht auch noch an zu streiten!“

„Wie kannst du es wagen …“, beginnt Birta, doch als sie Kolles wütenden Blick bemerkt, schweigt sie lieber.

„Wer ist dafür, dass Golina das Ei behalten darf, das Primo unter solchen Mühen für sie aus dem Nether geholt hat?“, fragt Porgo.

Die meisten Dorfbewohner stimmen zu. Überglücklich schließt Golina Primo in die Arme.

„Ich … ich kann nicht fassen, dass du tatsächlich für mich in den Nether gegangen bist und wieder zurück!“, flüstert sie.

„Hast du etwa daran gezweifelt, dass ich das für dich tun würde?“, fragt er und küsst sie.

„Nein“, sagt sie und lächelt.

Am selben Abend erhält das schwarze Ei, von dem niemand weiß, was darin ist, einen Ehrenplatz neben Golinas Bett. Sie hat seltsame Träume in dieser Nacht, doch sie denkt sich nichts dabei und erzählt niemandem davon. Das allerdings ist ein Fehler. Denn diesmal hat Magolus recht: Das Ei, das Primo aus dem Nether mitbrachte, ist gefährlicher, als er ahnt, und könnte noch Unheil über das kleine Dorf am Rande der Schlucht bringen. Doch das ist eine andere Geschichte.

ENDE

Hinweise zum Erkunden der Schauplätze dieses Buchs in Minecraft (PC-Version)

Die Schauplätze in diesem Buch lassen sich alle in Minecraft besuchen, wenn du den Seed 100200300400500 eingibst. Um zu den einzelnen Orten zu kommen, musst du allerdings ein wenig graben. Die Koordinaten in der folgenden Tabelle können dir helfen, ans Ziel zu gelangen. Die Angaben sind ungefähre Werte.

Orte in der Oberwelt	**X**	**Y**	**Z**
Eingang zur Höhle unter dem Dorf	-364	64	24
Die große Schlucht unter dem Dorf	-335	45	3
Der Standort des Netherportals unter dem Dorf (in der Geschichte steht es auf erkalteten Lavablöcken in dem Lavasee)	-239	11	-8
Der Ausgang des Netherportals	-140	87	132

Orte im Nether	X	Y	Z
Standort des Netherportals	-16	13	16
Höhle mit Lavateichen (oberer Ausgang der ersten Treppe, Achtung Lava!)	-17	32	-47
Unteres Ende der zweiten Treppe (mehrere Biegungen)	-46	32	-40
Oberes Ende der zweiten Treppe (in großer Höhle)	-53	52	-41
Die Clanhöhle der Lavaspringer	-43	70	-38
Die Clanhöhle der Feuertänzer	70	71	-238
Der „Opferfelsen"	78	73	-253
Das Spielfeld	-23	56	-94

Tipp: Um zu sehen, wo du selbst gerade bist, kannst du in der PC-Version die F3-Taste (Debug-Modus) drücken. Du siehst dann auf der linken Seite den Hinweis „Block", gefolgt von drei Zahlen. Dies ist deine aktuelle Position. Die erste Zahl ist die X-Koordinate, die zweite deine aktuelle Höhe (Y), die dritte die Z-Koordinate. Wenn du dich drehst, wird dir angezeigt, in welche Richtung du dich bewegst: „Facing west – towards negative x" bedeutet zum Beispiel, dass der Wert deiner X-Koordinate sinken wird, wenn du geradeaus gehst. Auf diese Weise kannst du dich deinem Ziel nähern. Sei aber vorsichtig! Im Nether nach oben zu graben, ist gefährlich, da über oder vor dir Lava sein könnte. Wenn du im Kreativmodus bist oder Cheats aktiviert hast, kannst du mit dem Cheat /tp auch direkt zu den angegebenen Koordinaten teleportieren. Viel Spaß beim Erkunden der Welt von „Das Dorf“!

Aus manchen Träumen gibt es kein Erwachen …

Irgendetwas stimmt nicht mit der Welt, in der sich Marko unvermittelt wiederfindet, ohne zu wissen, wer er ist und wie er hierherkam. Erst nach einem Moment erkennt er, was ihn stört: Alles um ihn herum besteht aus Würfeln. Verfolgt von Skeletten, Zombies und explodierenden Gurkenwesen muss Marko einen Ausweg aus der Würfelwelt finden. Denn er ahnt, dass nicht nur sein eigenes Leben bedroht ist …

Die *Würfelwelt*-Trilogie um Marko, der in der Welt von Minecraft gefangen ist, begeisterte bereits viele Tausend Fans weltweit. Erhältlich überall im Buchhandel. Ab 12 Jahren.

SPANNENDE ROMANE
INSPIRIERT VOM WELTWEITEN BESTSELLER-GAME
MINECRAFT
EIN VÖLLIG EIGENSTÄNDIGES ABENTEUER FÜR MINECRAFTER
DIE SUCHE NACH DEM DIAMANTENSCHWERT
WINTER MORGAN
Winter Morgan:
DIE SUCHE NACH DEM
DIAMANTENSCHWERT
ISBN 978-3-8332-3007-3
EIN VÖLLIG EIGENSTÄNDIGES ABENTEUER FÜR MINECRAFTER
DAS GEHEIMNIS DES GRIEFERS
WINTER MORGAN
Winter Morgan:
DAS GEHEIMNIS
DES GRIEFERS
ISBN 978-3-8332-3008-0
EIN VÖLLIG EIGENSTÄNDIGES ABENTEUER FÜR MINECRAFTER
DIE ENDERMEN-INVASION
WINTER MORGAN
Winter Morgan:
DIE ENDERMEN-INVASION
ISBN 978-3-8332-3243-5
KARL OLSBERG
DAS DORF
DER FREMDE
Karl Olsberg:
DAS DORF: DER FREMDE
ISBN 978-3-8332-3251-0
© 2015 Winter Morgan. All Rights Reserved.
ABENTEUER-ROMANE FÜR ECHTE MINECRAFTER.
JETZT IM BUCHHANDEL
ERHÄLTLICH.
PANINI BOOKS
www.paninicomics.de

SPANNENDE ROMANE
INSPIRIERT VOM WELTWEITEN BESTSELLER-GAME
MINECRAFT
ROMAN FÜR MINECRAFTER
DIE SCHLACHT V
ZOMBIE
HILL
NANCY OSA
Nancy Osa:
VERTEIDIGER DER OBERWELT:
DIE SCHLACHT VON ZOMBIE HILL
ISBN 978-3-8332-3246-6
KARL OLSBERG
WÜRFELWELT
ROMAN FÜR MINECRAFTER
Karl Olsberg:
WÜRFELWELT
ISBN 978-3-8332-3248-0
ROMAN FÜR MINECRAFTER
DIE
ELEMENTIA
CHRONIKEN
BAND 1
DIE SUCHE NACH GERECHTIGKEIT
SEAN FAY WOLFE
Sean Fay Wolfe:
DIE ELEMENTIA-CHRONIKEN:
DIE SUCHE NACH GERECHTIGKEIT
ISBN 978-3-8332-3254-1
© 2015 Winter Morgan. All Rights Reserved.
ABENTEUER-ROMANE FÜR ECHTE MINECRAFTER.
JETZT IM BUCHHANDEL ERHÄLTLICH.
PANINI BOOKS
www.paninicomics.de